De genezing van de krekel

Ander werk van Toon Tellegen

Theo Thijssenprijs 1997
Constantijn Huygensprijs 2007
Hendrik de Vriesprijs 2007

Twee oude vrouwtjes (verhalen, 1994)
Misschien wisten zij alles. Verhalen over de eekhoorn en de andere dieren (1995, 1999, 2006)
Mijn avonturen door V. Swchwrm (1998, 2004)
De trein naar Pavlovsk en Oostvoorne (verhalen, 2000)
Brieven aan Doornroosje (verhalen, 2002)
...m n o p q... (gedichten, 2005)
Raafvogels (gedichten, 2006)
De almacht van de boktor (kinderboek, 2007)
Ik zal je nooit vergeten (novelle, 2007)
Hemels en vergeefs (gedichten, 2008)
Iedereen was er. Meer verhalen over de eekhoorn en de andere dieren (2009)
Het vertrek van de mier (roman, 2009)
Stof dat als een meisje (gedichten, 2009)
Het wezen van de olifant (roman, 2010)

Toon Tellegen

De genezing van de krekel

Amsterdam · Antwerpen
Em. Querido's Uitgeverij BV
2013

Bekroond met de Gouden Uil 2000

Eerste, tweede en derde druk, 1999; vierde, vijfde, zesde en
zevende druk, 2000; achtste druk, 2001; negende druk, 2003;
tiende druk, 2004; elfde druk, 2006; twaalfde en dertiende
druk, 2008; veertiende (e-book) en vijftiende druk, 2010;
zestiende druk, 2011; zeventiende druk, 2012;
achttiende druk, 2013

Copyright © 1999 Toon Tellegen
Voor overname kunt u zich wenden tot Em. Querido's
Uitgeverij BV, Singel 262, 1016 AC Amsterdam.

Omslag Anneke Germers
Omslagbeeld Getty Images
Foto auteur Leo van der Noort

ISBN 978 90 214 3850 4 / NUR 301
www.querido.nl

1

Het was op een ochtend in het begin van de zomer. De krekel zat in het gras voor zijn deur en dacht: ik ben tevreden, ik ben vrolijk en tevreden.

De zon scheen en er dreven kleine witte wolkjes laag over de horizon.

De krekel leunde achterover, deed zijn ogen dicht en tsjirpte zachtjes het eerste het beste wat hem te binnen schoot.

Maar opeens voelde hij iets vreemds in zijn hoofd. Iets wat hij nog nooit had gevoeld. Iets dofs. Het zat in zijn hele hoofd.

De krekel hield op met tsjirpen en spitste zijn oren. Het was stil.

Het maakt geen geluid, dacht hij. Het piept niet, het gonst niet en het knerpt niet. Er piepte wel eens iets in zijn hoofd en hij had ook wel eens een gonzend of een knerpend gevoel ergens achter zijn ogen, maar zo'n gevoel kon hij altijd horen en vond hij nooit vreemd.

Hij tikte tegen zijn hoofd. 'Hallo!' zei hij. Het bleef stil.

Het is een zwaar gevoel, dacht hij. Zijn hoofd leek wel twee keer zo zwaar als anders. Dat kan alleen maar zijn door dat gevoel, dacht hij.

Hij fronste zijn wenkbrauwen en schraapte zijn keel. Er veranderde niets. Hij sprong een eindje omhoog in de lucht en schudde zijn hoofd. Er veranderde weer niets. Hij riep: 'O ja' en 'Ach nee...' en 'Nou en of', maar het vreemde gevoel bleef het vreemde gevoel.

Het zit vast, dacht hij. Hij bleef een tijdje stilzitten, krabde achter zijn oor en keek naar de lucht. Het is een onwrikbaar gevoel, dacht hij. Dat is het. Hij wist niet precies, maar wel ongeveer wat onwrikbaar was.

Hij leunde met zijn hoofd op zijn voorpoten. Hoe zou dat gevoel in mijn hoofd zijn gekomen? dacht hij.

Hij keek om zich heen. Misschien waren er wel meer gevoelens die nu nog onopvallend in het struikgewas lagen en straks plotseling zijn hoofd in zouden vliegen. Maar hij zag niets bijzonders. Bovendien was het gevoel zo groot dat er geen ander gevoel bij zou kunnen. Daar hoef ik niet bang voor te zijn, dacht hij.

Hij zat stil op de grond in het gras voor zijn huis.

Het is een groot, onwrikbaar gevoel, dacht hij. Als er iemand langskomt zal ik zeggen: 'Hallo eekhoorn of mier of olifant of wie u ook bent, ik heb een groot, onwrikbaar gevoel in mijn hoofd.' Ze zouden hem raar aankijken en hij zou een breed gebaar maken, naar de hemel kijken en zeggen: 'Ach ja...'

Het gevoel begon tegen de binnenkant van zijn voorhoofd te duwen. Het was geen aangenaam gevoel. Hij liet zijn hoofd zakken en keek naar de grond.

2

De krekel keek naar de grond en was heel ernstig. Het grote en onwrikbare gevoel zat in zijn hoofd en duwde tegen de achterkant van zijn ogen. Au, dacht hij. Lange tijd dacht hij niets anders.

Aan het eind van de ochtend kwam de mier voorbij.

'Hallo krekel,' zei hij.

De krekel keek op en zei: 'Hallo mier. Weet je wat ik heb? Een groot, onwrikbaar gevoel in mijn hoofd.'

De mier bleef staan, fronste zijn wenkbrauwen en bekeek de krekel. De krekel had naar de hemel willen kijken en 'Ach ja...' willen zeggen, maar hij deed dat niet. 'Ik weet niet wat het is,' zei hij. 'Het knerpt niet en het gonst en piept ook niet. Maar het is wel heel zwaar.'

De mier liep een paar keer om hem heen.

'Heb jij verstand van gevoelens?' vroeg de krekel.

'Ja,' zei de mier. Hij meende dat hij alles wist van gevoelens, en zeker van grote en onwrikbare gevoelens.

'Wat zou het zijn?' vroeg de krekel. Even glom er wat licht in zijn ernstige ogen en even leek het gevoel ook wat lichter te worden.

'Sjok eens een eindje,' zei de mier.

De krekel sjokte een eindje door het hoge gras voor zijn deur en kwam weer terug.

'En?' vroeg hij.

'Het is een somber gevoel,' zei de mier. 'Je bent somber.'

'Somber?' vroeg de krekel.

'Ja,' zei de mier. 'Somber.'

'Maar ik ben vrolijk...!' riep de krekel.

'Nee,' zei de mier. 'Je bent niet vrolijk. Je bent somber. Dat komt door dat gevoel in je hoofd. Als dat een vrolijk gevoel was dan was je vrolijk. Maar het is een somber gevoel en dus ben je somber.'

De zon stond al hoog aan de hemel en in de verte, in de top van de populier, zong de lijster.

De krekel kneep zijn ogen dicht en probeerde zo het gevoel in zijn hoofd te zien. Maar hij zag niets.

'Kom,' zei de mier. 'Ik moet weer verder.' Hij groette de krekel en liep het bos in.

De krekel holde hem nog achterna. 'Maar hoe kan dat?' riep hij. 'Ik bedoel...' Hij wilde nog veel meer roepen, maar hij wist niet wat.

De mier riep over zijn schouder: 'Alles kan' en 'Iedereen is wel iets.' Hij zei verder nog iets over de verte en vandaag nog en ontdekken en verdween achter de wilg.

De krekel bleef staan en schudde zijn hoofd.

Het vreemde gevoel gromde. Maar het was nu geen vreemd gevoel meer. Het was een somber gevoel. Een groot en onwrikbaar somber gevoel. Ik ben dus somber, dacht de krekel.

3

Eigenlijk, dacht de olifant, zou ik in een boom moeten klimmen die zó klein is dat ik er niet uit kan vallen.

Hij liep door het bos. Het was vroeg in de ochtend. Er lag dauw op de bladeren van de struiken waar hij langs liep. De zon kwam op.

Na een tijd kwam hij de woelmuis tegen. 'Hallo woelmuis,' zei hij.

'Hallo olifant,' zei de woelmuis.

'Ik wil je iets vragen,' zei de olifant. 'Weet jij soms een kleine boom?'

'Ja,' zei de woelmuis. 'Ik weet toevallig een zeer kleine boom.' Hij maakte van plezier een sprong in de lucht en liep voor de olifant uit. 'Het is niet ver, olifant,' riep hij telkens. 'We zijn er zo!'

Dicht bij de rand van het bos was een open plek. Daar bleef de woelmuis staan en wees. 'Voilà,' zei hij.

De olifant zag niet goed waarnaar de woelmuis wees. 'Wat is daar?' vroeg hij.

'Die boom daar,' zei de woelmuis.

'Ik zie niets,' zei de olifant.

'Dáár...' zei de woelmuis.

'Ik zie nog steeds niets...' mompelde de olifant. Hij ging plat op zijn buik liggen bij de plaats waarnaar de woelmuis wees. Toen zag hij de boom ook.

'Klein, hè?' zei de woelmuis.

'Ja,' zei de olifant. Hij had nog nooit zo'n kleine boom gezien. Daaruit vallen leek hem heel moeilijk.

'Zo, woelmuis,' zei hij en wreef zich in zijn voorpoten. 'Let nu maar eens op.'

'Dat is goed,' zei de woelmuis. Hij ging in het gras zitten.

De olifant probeerde zijn voet ergens op te zetten en zijn slurf ergens omheen te slaan. Maar de boom was zo klein dat dat niet lukte. Hij draaide om zijn as, wankelde, werd helemaal rood, pufte, klom een paar keer in zijn slurf in plaats van in de boom en riep: 'Inderdaad heel klein, woelmuis!'

'Doe maar rustig aan,' zei de woelmuis, die achteroverleunde, zijn ogen sloot en op een graspriet kauwde.

De olifant was lange tijd in de weer.

'Het is wel een bijzondere boom, woelmuis,' zei hij.

'Ja, zeer bijzonder,' zei de woelmuis, half in slaap.

Ten slotte leek het de olifant te lukken. 'Ja!' riep hij. Hij had zijn vier voeten op elkaar gezet, met zijn slurf om ze heen, en de boom ergens tussenin. Nu moet ik alleen nog mijn evenwicht bewaren, dacht hij.

'Help!' riep hij.

'Wat zeg je?' zei de woelmuis. De warme gloed van de zon, die over zijn gezicht gleed, deed hem denken aan zoete roggetaart met wilgenbast, op een grote tafel, midden in het bos, voor hem alleen.

De olifant viel achterover. Het was een tamelijk harde klap, ook al viel hij maar een klein eindje.

Toen hij zijn ogen opsloeg stond de woelmuis voor hem.

'Klein, hè,' zei de woelmuis.

De olifant knikte, maar hij zei niets en stond op.

Samen liepen ze weer terug, het bos in.

'Iets groter was geen bezwaar geweest,' zei de olifant.

'O,' zei de woelmuis.

'Maar ook weer niet veel groter,' zei de olifant.

'Nee,' zei de woelmuis.

De olifant zuchtte. 'Bomen zijn ingewikkeld,' zei hij.
De woelmuis knikte.
'Ingewikkeld en onontkoombaar,' zei de olifant.

Ze kwamen bij de eik. De woelmuis groette de olifant en liep verder. Hij dacht nog steeds aan zoete roggetaart en begon onwillekeurig wat harder te lopen.

De olifant bleef staan en keek omhoog. De zon scheen en de bladeren van de eik ruisten.

4

De krekel ging zijn huis in en liep lange tijd door zijn kamer heen en weer.

Het is dus een somber gevoel, dacht hij. Ik heb een somber gevoel in mijn hoofd. Hij had zich graag trots gevoeld daarover. Maar hij voelde zich niet trots, alleen maar somber.

Na een tijd ging hij aan tafel zitten en legde zijn hoofd op zijn armen.

Hij dacht na over somber. Hij wist niet precies wat dat was, maar hij wist wel dat het iets ergs was.

Hij probeerde te bedenken waar het sombere gevoel vandaan was gekomen. Hij had nog nooit een somber gevoel gezien of gehoord. Misschien kwam het uit de woestijn, dacht hij, of ergens anders vandaan waar hij nog nooit was geweest. Van de maan bijvoorbeeld.

'Komt u van de maan?' vroeg hij met een luide stem. Er kwam geen antwoord.

Misschien is het wel een onzichtbaar gevoel, dacht hij. Maar als het onzichtbaar is, hoe kan het dan zwaar zijn? Dat was volgens hem onmogelijk.

Als ik in mijn hoofd kon kijken zou ik het vast kunnen zien, dacht hij. Groot en grauw en onwrikbaar.

Gedachten schoten heen en weer boven en onder het gevoel in zijn hoofd, of wrongen zich erlangs. Mijn gedachten hebben niets meer te vertellen, dacht de krekel. O nee? knerpten ze op hetzelfde ogenblik. Jij hebt niets meer te vertellen!

De krekel deed een stap achteruit. Wie zijn zíj eigenlijk? wilde hij denken. En wie ben ík? Maar op dat moment gaf het sombere gevoel ergens een enorme trap tegen. Orde op zaken, dacht de krekel bitter en verder dacht hij niets.

Na een tijd kwamen er tranen in zijn ogen. Langzaam rolden ze langs zijn wangen op zijn tafel.

Wel ja, dacht hij. Hij voelde zich heel verdrietig worden.

Hij had het gevoel dat zijn hoofd een enorme steen was die hij moest optillen, en die als hij hem niet zou optillen langs een helling naar beneden zou rollen.

Ik móét hem optillen, ik móét hem optillen, dacht hij. Want wat er onder aan die helling was wist hij niet.

Hij ging op zijn bed liggen, maar hij kon niet slapen. Hij keek naar het plafond en het plafond leek met grote boze ogen terug te kijken.

Het sombere gevoel klopte tegen de zijkant van zijn hoofd. 'Wil je eruit?' vroeg de krekel. 'Geen bezwaar! Zeg maar hoe. Door mijn ogen? Door mijn neus? Door mijn oren? Door mijn mond? Mogelijkheden genoeg!'

Hij deed zijn ogen dicht en zag het sombere gevoel voor zich. Als een zwarte massa modder wrong het zich door zijn oren naar buiten. Au, dacht hij.

Hij deed zijn ogen weer open. Er was niets gebeurd. Het sombere gevoel ging door met kloppen. Het wil er helemaal niet uit, dacht de krekel. Het klopt om andere redenen. Maar welke die redenen waren wist hij niet.

Hij stond op en liep heen en weer, ging weer aan tafel zitten, liep naar buiten, ging in het gras liggen, stond op en ging weer naar binnen.

Je bent onwrikbaar, dacht hij, ik weet het wel... Hij gaf een harde klap tegen zijn hoofd en riep: 'Ga weg!' Maar het enige wat er gebeurde was dat hij omviel, zijn voelsprieten kneusde en een bult op zijn voorhoofd kreeg.

Het sombere gevoel trok zich nergens wat van aan.

5

De zon ging onder en de krekel was moe geworden. Hij zat in een stoel voor zijn raam en keek naar buiten. De top van de eik ruiste zacht in de bleke schemering en hoog in de lucht vloog de zwaluw nog haastig voorbij.

Het sombere gevoel zat onwrikbaar in zijn hoofd.

De krekel pakte een pot met zoete grasstengels. Ik moet wat eten, dacht hij. Maar hij kreeg niet één grasstengel naar binnen. Ze lijken wel bedorven, dacht hij.

Hij schudde zijn hoofd. Ik ben bedorven, dacht hij. Niet die grasstengels. Dat zijn de lekkerste grasstengels van het hele bos. Nee, ik ben bedorven.

'Dank je wel, somber gevoel in mijn hoofd,' fluisterde hij, 'voor deze heerlijke maaltijd...'

Even dacht hij na. Misschien moet ik zoiets maar niet meer fluisteren, dacht hij. Want als dat gevoel ook nog boos wordt... Boos en somber: daar is mijn hoofd vast te klein voor. Dan springt het uit elkaar.

Eén ogenblik flitste de gedachte door hem heen dat dat misschien wel het beste was, toen huiverde hij en dacht: nee, het mag niet boos worden.

Zijn maag was leeg en rammelde een beetje, maar hij kon niets eten. Hij zette de pot zoete grasstengels weer in zijn kast.

Hij keek naar buiten en zag de sterren aan de hemel flonkeren. Het was alsof ze in zijn ogen prikten, want er rolden weer tranen over zijn wangen.

Ik wil niet huilen! dacht hij. Laat dat sombere gevoel maar huilen, niet ik.

Hij keek weer naar binnen.

Het was nu helemaal donker geworden.

De krekel ging op zijn bed liggen. Hij had het koud. Maar hij trok zijn deken niet over zich heen. Ik weet niet waarom, dacht hij.

Hij keek naar het plafond en weer was het alsof het plafond dwars door de duisternis heen terugkeek.

Hij legde zijn kussen op zijn hoofd. Niemand hoeft me te zien, dacht hij. Zeker mijn plafond niet.

Zo lag hij daar, met zijn hoofd onder zijn kussen, de hele nacht. Hij wilde niets liever dan slapen. Als hij iemand bij zijn knieën had moeten pakken en had moeten smeken om hem te laten slapen, dan had hij hem bij zijn knieën gepakt en gesmeekt. Maar er was niemand. Hij was alleen en hij sliep niet.

Alles hangt van mij af, dacht hij somber. Alles hangt alleen van mij af.

6

Midden in de nacht ging de deur van de krekel open. De krekel durfde zich niet te verroeren. Uit zijn ooghoeken zag hij dat er iemand naar binnen stapte.

Wie zou dat zijn? dacht hij. Zou dát nu een slecht iemand zijn, een door en door slecht iemand? Hij had wel eens gehoord dat er zo iemand bestond, maar hij had nog nooit zo iemand gezien.

De krekel wachtte even en vroeg toen: 'Wie bent u?' Zijn stem klonk schor.

De onbekende keek rond, tilde het bed van de krekel op en keek eronder, deed de kast open, pakte een pot gesuikerde paardenbloemen en ging aan tafel zitten.

'De galworm,' zei hij. Hij wachtte even. 'Dag galworm,' zei hij toen, met een schelle stem.

'Dag galworm,' zei de krekel zachtjes.

'Dat dacht ik ook,' zei de galworm.

Het was even stil.

'Ik ben de krekel,' zei de krekel toen.

De galworm zei niets, at de pot leeg en ging voor het raam staan. Hij keek naar buiten, de inktzwarte nacht in.

De krekel had nog nooit van hem gehoord.

'Wat komt u doen?' vroeg hij.

De galworm schraapte zijn keel en zei, met dezelfde schelle stem: 'Gezellig, galworm. Wat gezellig, zo'n onverwacht bezoek.'

'Ik...' zei de krekel, maar hij wist niet wat hij verder moest zeggen.

De galworm begon te zingen. Het was een schril en

luidruchtig lied over vuistslagen en verachting. De lamp slingerde heen en weer en de muren kraakten.

Zal ik zeggen dat ik een somber gevoel in mijn hoofd heb, dacht de krekel, en dat het midden in de nacht is? Maar hij onderbrak het gezang niet.

Ten slotte was het lied uit.

'Dank je wel voor het applaus,' zei de galworm na enkele ogenblikken van diepe stilte. 'Dank je wel.'

'Ik...' begon de krekel weer.

'Dansen?' vroeg de galworm.

Hij stapte op het bed af en trok de krekel eruit.

'Ik ben somber,' zei de krekel. 'Ik heb een somber gevoel in mijn hoofd.'

'Alsof het daarom gaat,' zei de galworm.

De krekel begreep niet wat hij bedoelde en zakte na één danspas door zijn knieën, zo zwaar was het sombere gevoel in zijn hoofd.

De galworm tilde hem op en propte hem onder zijn bed.

'Je danst heerlijk, galworm,' zei hij. 'Dank je wel!'

Hij gooide vervolgens de tafel, de stoel en de kast omver en veegde alles wat op planken lag met één haal op de grond.

'Een klein beetje wanorde is wel het minste...' mompelde hij.

Toen ging hij naar de deur en keek nog eenmaal om zich heen.

'Bedankt voor je gezellige bezoek, galworm,' zei hij met een snerpende stem. 'Ach, het was niets, krekel...' voegde hij daar met een donkere stem aan toe.

Het spijt me! wilde de krekel roepen, vanonder zijn bed. Het spijt me! Maar er kwam geen geluid uit zijn keel.

De galworm stapte naar buiten en verdween in de duisternis. De deur liet hij openstaan, zodat de donkere nachtwind hem telkens dichtsloeg en weer wijd openblies.

De krekel lag onder zijn bed en kon niet opstaan.

Het was een somber bezoek, dacht hij. Hij probeerde tegen zichzelf te knikken. Als je somber bent is alles somber, dacht hij.

Hij deed zijn ogen dicht en sloeg zijn voorpoten om zijn knieën. Zijn rug kraakte en in zijn hoofd werd er gezaagd en geboord. Wat doet u daar toch, dacht hij. Hij had zich nog nooit zo verdrietig gevoeld als toen.

7

De olifant stond onder de wilg. Het was vroeg in de ochtend.

'Ik ga naar boven klimmen, wilg,' zei hij. Hij zette zijn voet op de onderste tak van de wilg. Maar de wind stak op en de tak zwiepte heen en weer en smeet de olifant omver.

'Hola,' riep de olifant. 'Ik was nog niet eens begonnen!'

Hij stond op en sloeg zijn slurf om de stam. Maar de wilg kraakte en knarste en worstelde zich los.

De olifant werd boos en zei: 'Ik mag klimmen wanneer ik wil.' Maar hij viel weer.

'Ik eis dat ik mag klimmen!' riep hij, terwijl hij opstond en het stof van zich afsloeg.

Hij zette opnieuw een voet op de onderste tak van de wilg. Maar de wilg verzette zich weer uit alle macht.

Algauw kwamen overal vandaan dieren op het rumoer af. Ze gingen in een grote kring om de wilg heen zitten, terwijl de karper, de snoek en het stekelbaarsje vanuit de rivier toekeken. Alleen de krekel, die nog onder zijn bed lag, kwam niet.

Sommige dieren waren voor de olifant en riepen: 'Hup, olifant! Omhoog!' Andere waren voor de wilg en riepen: 'Hou vol, wilg! Niet opgeven!'

Het was een woeste strijd. De olifant nam lange aanlopen en sprong met zijn vier poten tegelijk tegen de wilg op, of hij probeerde met zijn slurf de wilg omlaag te trekken. De wilg zwiepte en sloeg met zijn takken, en deelde striemende klappen uit.

Niemand wist wie er zou gaan winnen.

'Ik zál klimmen,' schreeuwde de olifant. En hij riep ook: 'Opzij!' en 'O ja, wilg? O ja??' De wilg vocht zwijgend, maar verbeten. Af en toe kreunde hij even en liet vermoeid wat bladeren vallen.

Aan het eind van de ochtend waren ze allebei uitgeput.

Met een laatste krachtsinspanning sloeg de wilg zijn onderste tak om de olifant heen en slingerde hem ver weg, de rivier in.

De dieren juichten of mompelden bewonderend, terwijl de karper, de snoek en het stekelbaarsje haastig opzij zwommen.

De olifant klom op de kant. Met gebogen hoofd stapte hij door de gevallen bladeren en de afgebroken twijgen naar de wilg. Water stroomde van zijn grijze rug. Even bleef hij staan. Toen klopte hij de wilg op zijn bast.

'Je hebt gewonnen,' zei hij zachtjes.

De wilg ruiste en sommige dieren meenden dat zij verstonden dat hij 'Ach... het was niets' ruiste. De wilg was een vriendelijke boom, geen kwade boom.

Met zware, natte passen liep de olifant het bos in. Onder de eik bleef hij staan en zuchtte diep. De eik, die over het hele bos heen kon kijken en alles zag wat er overal gebeurde, ruiste en ritselde.

'Nee,' zei de olifant. 'Nee. Nee. En nog eens nee.'

Hij wilde verder lopen, maar hij bleef staan en keek omhoog.

8

Laat in de ochtend kroop de krekel onder zijn bed uit, zette zijn tafel, zijn stoelen en zijn kast overeind en legde zijn muts en zijn andere eigendommen weer op de planken aan zijn muur.

Hij ging aan tafel zitten en begon een brief te schrijven.

Beste tor,

schreef hij. Hij kneep zijn ogen dicht en dacht na.

Plotseling hoorde hij lawaai. Hij keek op. Woorden drongen zijn kamer binnen. Ze kwamen door het raam, door de kieren in de muur en onder de deur door. Ze waren klein, droegen zwarte jassen en holden achter elkaar aan. 'Met' en 'mij' zag hij, en 'gaat' en 'het' en 'goed'. Ze gingen aan de ene kant van de kamer staan.

Aan de andere kant van de kamer zag hij 'ik' en 'ben' en 'heel' en 'somber', die blijkbaar door een gat in het dak waren gekomen. Ze waren iets groter en droegen ook iets zwartere jassen.

De krekel kon zich niet verroeren. Voor hem lag de brief met Beste tor.

De woorden stampten drie keer op de grond en stormden toen op elkaar af. Midden in de kamer grepen ze elkaar beet, sleurden elkaar naar de grond, trapten elkaar, krabden elkaar en probeerden elkaar te verscheuren.

Stof wervelde op en de krekel hoestte.

Pas na lange tijd ging het stof weer liggen en werd het

stil. De kleine woorden hadden gewonnen, ook al zaten ze onder de schrammen en krassen en waren hun jassen gescheurd. De grote woorden hadden verloren. 'Ik' was gebroken, 'ben' lag in twee stukken onder een stoel, 'heel' hing dubbelgevouwen aan een spijker in de muur, en 'somber' stond verkreukeld en ondersteboven in een hoek.

De kleine woorden sloegen het stof van hun jas, tilden de overwonnen woorden op en smeten ze uit het raam. Met doffe klappen vielen ze buiten op de grond.

'Au,' hoorde de krekel mompelen. Dat is vast 'ik', dacht hij.

'Met', 'mij', 'gaat', 'het' en 'goed' bleven in de kamer achter. Ze sloegen de krekel op zijn schouders, trokken hem overeind, gooiden hem in de lucht en vingen hem weer op.

'Goed' ging op het hoofd van de krekel staan, 'gaat' en 'het' klommen op zijn rug en 'met' en 'mij' hingen aan zijn vleugels.

'Vliegen!' riepen ze. 'Vliegen!'

De krekel sloeg zijn vleugels uit, steeg een klein eindje op en viel met een plof op de grond.

'Ach...' riepen de woorden teleurgesteld. Ze stapten van de krekel af en klommen op het papier, onder *Beste tor*. Ze gingen naast elkaar staan en zeiden: 'Dan maar zo.'

De wind stak op, blies door het raam naar binnen, greep de brief en sleurde hem mee. 'Maar...' riep de krekel nog. Het was te laat. De brief vloog al hoog in de lucht.

De krekel bleef de hele middag op de grond liggen. Het sombere gevoel sprong in zijn hoofd heen en weer en sloeg op zijn slapen, uur na uur.

Aan het eind van de middag blies de wind een brief naar binnen. Voor de neus van de krekel viel hij op de vloer.

De krekel las:

Beste krekel,
Met mij gaat het ook goed.
De tor

Toen begon de krekel te huilen. Grote stromen tranen vloeiden langs zijn wangen en langs zijn vleugels en zijn voelsprieten en zijn voeten.
Zijn schouders schokten.
Het was de treurigste brief die hij ooit had gelezen.

9

De krekel liep naar het huis van de tor. Het was in het begin van de avond.

Hij klopte op de deur.

'Ja,' zei de tor.

'Ik ben het, de krekel,' zei de krekel. 'Zal ik binnenkomen?'

'Ja,' zei de tor. De krekel stapte naar binnen.

Ze knikten naar elkaar en sloegen toen hun ogen neer.

'Ik heb je die brief geschreven...' zei de krekel.

'Ja,' zei de tor.

Even was het stil.

'Het gaat níét goed met mij,' zei de krekel.

'Met mij ook niet,' zei de tor.

'Eigenlijk ben ik somber, tor,' zei de krekel.

'Ik ook,' zei de tor.

'Ik ben het gisteren geworden,' zei de krekel.

'Ik ben het altijd al geweest,' zei de tor.

De krekel keek hem verbaasd aan. 'Altijd al?' vroeg hij.

'Ja,' zei de tor.

'Ben je nooit iets anders geweest? Vrolijk of zo?' vroeg de krekel.

De tor dacht even na.

'Eén keer,' zei hij. Hij keek langs de krekel naar de muur. 'Eén keer ben ik vrolijk geweest.'

'Ja?' zei de krekel.

'Ja,' zei de tor. 'Maar de gevolgen waren niet te overzien, krekel. Het was verschrikkelijk.'

De krekel dacht even na over gevolgen die niet te overzien waren en vroeg zich af wat voor gevolgen er nog meer waren.

'Waar was je vrolijk om?' vroeg hij toen.

'Om niets,' zei de tor. 'Om helemaal niets!' Hij wierp zijn voorpoten in de lucht.

'En toen?'

'Toen ben ik altijd somber gebleven.'

Plotseling stond hij op en keek de krekel met donkere ogen aan. Hij zwaaide met een vuist en riep: 'Ik zal altijd somber blijven! Altijd! Dat beloof ik je!'

'Maar dat is verschrikkelijk...' zei de krekel.

'Ja,' zei de tor, plotseling weer zachtjes. 'Dat is verschrikkelijk, dat ís ook verschrikkelijk.' Hij ging weer zitten. 'Maar het is wel wijs,' zei hij.

Even later dronken ze zwarte thee, in een hoek van de kamer, ver van het raam. De tor vertelde allerlei bijzonderheden over sombere gevoelens en somber zijn die de krekel niet kende en goed probeerde te onthouden. Hij liet de krekel ook de bordjes zien die aan zijn muren hingen: 'Somber is groot' en 'Verder is er niets' en 'Eens somber...' en 'Als je nooit somber bent ben je het pas echt'. Hij zei dat hij die bordjes elke dag las.

Het was donker geworden.

De tor vertelde dat hij de moed had opgegeven, lang geleden. 'Dat was een grote stap, krekel,' zei hij. 'Maar ik moest hem wel zetten.' Hij keek weer langs de krekel naar de muur. 'Als je de moed niet opgeeft ben je nooit helemaal somber.'

De krekel zei dat hij maar weer naar huis ging en groette de tor. De tor knikte en mompelde iets onverstaanbaars.

Toen de krekel buiten stond was het even of zijn sombere gevoel was verdwenen. Hij maakte een sprong in de lucht en riep: 'O ja!' Hij zag de tor voor zich en hoorde hem in gedachten zijn keel schrapen en mopperen of iets sombers mompelen. Díé is somber... dacht hij en hij schudde zijn hoofd.

Maar ik ben ook somber, dacht hij toen. Zijn sombere gevoel lag groot en zwaar als een rotsblok in zijn hoofd.

Zal ik ook de moed opgeven? dacht hij, terwijl hij door het donker liep. Is het beter om helemaal somber te zijn dan niet helemaal?

Maar hij wist niet hoe je de moed moest opgeven. Dat had ik hem moeten vragen, dacht hij en schudde zijn hoofd.

10

De olifant liep door het bos. De bomen ruisten. Dag bomen, dacht hij. Hij kende ze goed. Uit elke boom was hij wel eens gevallen.

Hij liep urenlang en dacht diep na. Af en toe botste hij tegen een boom, maar niet hard. Au, dacht hij dan en liep weer verder.

Hij kwam in een deel van het bos waar hij nog nooit was geweest. Plotseling zag hij een bord, voor een dikke, hoge boom:

UIT DEZE BOOM KAN NIEMAND VALLEN.
DAT IS UITGESLOTEN

Verbaasd bleef de olifant staan. Hij kende de boom niet. Hij wilde meteen wel naar boven klimmen, want eigenlijk was hij altijd op zoek naar zo'n boom.

Toch ging hij eerst zitten en las het bord nog een keer.

Wie zou dat bord hebben gemaakt? dacht hij. Hoe zou hij weten dat dat is uitgesloten? Als niemand uit die boom kan vallen kan iemand er dan wel in klimmen? En als iemand er wel in kan klimmen hoe komt hij dan weer naar beneden? Nooit meer soms?

Hij stond op, ging naar de boom toe en zette zijn voet op de onderste tak. Maar hij durfde nog niet te gaan klimmen. Hij vertrouwde de boom niet.

Misschien is het wel geen eerlijke boom, dacht hij. Ik weet het niet...

'Hallo!' riep hij. 'Kent iemand deze boom?'

Niemand gaf antwoord. Niemand woonde in dat deel van het bos.

Ten slotte, na lang aarzelen, klom de olifant in de boom. Anders kom ik er nooit achter, dacht hij.

Hij klom heel voorzichtig en dacht voortdurend na. Het was een gewone boom, meende hij.

Halverwege de boom, tussen twee takken, zag hij plotseling een nieuw bord:

ZIE JE WEL

De olifant was zo verbaasd over die woorden dat hij misstapte, opzij viel en met een enorme klap op de grond terechtkwam.

Versuft bleef hij liggen. Ik was nog niet eens boven... dacht hij verongelijkt.

Even later stond hij op en keek omhoog. 'Was dat soms geen vallen?' riep hij.

De boom ruiste groot en onverstoorbaar.

De olifant wreef over zijn hoofd en maakte toen een bord dat hij naast het andere bord zette:

DIT IS NIET WAAR.
DE OLIFANT (UIT DEZE BOOM GEVALLEN)

Eronder zette hij een pijl die naar het eerste bord wees.

Het is een oneerlijke boom, dacht hij. Ik hoop dat ik hem nooit meer tegenkom.

Hij draaide zijn rug naar de boom toe en liep het bos in.

Na een tijd kwam hij bij de eik. 'Dag eik,' zei hij. Hij kende de eik en de eik kende hem.

Even later klom hij omhoog.

De takken waarop hij stapte kraakten vriendelijk en de bladeren leken wel iets aardigs te fluisteren in de zachte zomerwind. Niets is uitgesloten, dacht de olifant vrolijk. Helemaal niets!

Toen hij bij de top kwam wilde hij samen met de eik iets zingen. 'Dat kan toch, eik?' vroeg hij. Hij probeerde ook, terwijl hij zijn keel al schraapte, op één been te staan.

Toen viel hij, met donderend geweld, dwars door de takken en bladeren heen.

Het was een eerlijke val en met een harde klap viel hij op de grond, op een ochtend in de zomer.

11

Midden in het bos, onder de vlier, niet ver van de beuk, woonde de schildpad.

Op een ochtend zat hij in het gras voor de vlier en dacht aan zijn schild. Als ik jou niet had... dacht hij. Hij begreep niet waarom niet iedereen een schild had. Dat is een raadsel, meende hij.

De bladeren van de bomen ritselden zacht.

Mijn schild is het mooiste wat er bestaat, dacht de schildpad. Het is zelfs mooier dan de zon.

Hij krabde achter zijn oor. Is dat wel zo? dacht hij.

Hij stelde zich voor dat hij de zon op zijn rug droeg. Het werd heel heet.

Toen wist hij zeker dat zijn schild mooier was dan de zon. En ook mooier dan het gewei van het hert en dan de zilveren schubben van de karper en de blauwe veren van de ijsvogel en zelfs dan de steeltjes van de slak. Hij vond die steeltjes prachtig. Maar twee zulke steeltjes op zijn hoofd... De schildpad moest er niet aan denken.

Zo zat hij daar tevreden in het ochtendlicht. Als hij niet meer aan zijn schild wilde denken kon hij altijd nog aan niets denken of aan iets heel bijzonders, wat zomaar opeens in zijn gedachten kwam.

Hij hoorde een dof geluid en keek op. Het was de krekel die aan kwam sjokken. Anders fladderde of vloog hij altijd, of liep hij met zwierige passen. Anders heeft hij altijd haast, dacht de schildpad. Vrolijke haast.

Nu sjokte de krekel en keek naar de grond.

'Dag krekel,' zei de schildpad.

'Dag schildpad,' zei de krekel, terwijl hij opkeek. Hij bleef voor de schildpad staan. De schildpad sloeg zijn ogen neer, wat hij anders nooit deed.

'Ik ben somber,' zei de krekel.

'O,' zei de schildpad.

'Ik ben het pas geworden,' zei de krekel.

'O ja?' zei de schildpad.

'Ja,' zei de krekel. 'Onverwacht. Het is een gevoel in mijn hoofd. Een groot en onwrikbaar gevoel.'

'O,' zei de schildpad.

De krekel ging zitten. 'Ik ga maar zitten,' zei hij.

'Ja,' zei de schildpad.

Lange tijd zeiden ze niets. De schildpad dacht weer aan zijn schild. Misschien houdt het zo'n somber gevoel wel tegen, dacht hij. Maar hij besloot toen aan iets anders te denken, want hij was bang dat zijn schild ook nadelen had en dat hij daar opeens aan zou moeten denken.

'Wil je wat eten?' vroeg hij.

'Wat?' vroeg de krekel.

'Nou... eh... zoete klavers... of een oude boterbloem...' zei de schildpad.

'Nee,' zei de krekel. Hij schudde zijn hoofd. Het was voor het eerst dat hij nee zei tegen een oude boterbloem.

Weer was het lange tijd stil.

'Ben jij ook iets?' vroeg de krekel toen.

De schildpad schrok en begon na te denken.

'Ik ben ongenaakbaar,' zei hij.

'O,' zei de krekel.

De schildpad kreeg het plotseling heel warm, maar de krekel stond op en sjokte weer verder.

Pas toen hij al een eind weg was draaide hij zich om en zei: 'O ja. Dag schildpad.'

'Dag krekel,' zei de schildpad. Kleine zweetdruppeltjes stonden op zijn voorhoofd, want nu hij gezegd had dat hij ongenaakbaar was moest hij ook ongenaakbaar zijn. Maar wat was dat?

Waarom ben ik altijd iets waarvan ik niet weet wat het is? dacht hij en hij werd rood van verlegenheid en schaamte en verborg zich onder zijn schild.

12

De krekel ging op bezoek bij de uil, die in een donker deel van het bos woonde.

'Ik ben somber, uil,' zei hij.

'Ja,' zei de uil.

'Het is een gevoel,' zei de krekel.

De uil knikte.

Ze gingen naar binnen en zaten in een stoffige hoek van de kamer.

De uil liet de krekel een boek zien waarin alles stond over somberheid. Sombere vermoedens stonden daarin, sombere verjaardagen, sombere reizen, sombere suiker.

De krekel zag ook sombere gedachten.

'Dat zijn mijn gedachten,' zei hij en hij wees.

De uil knikte.

Na een tijd sloeg hij het boek weer dicht en dronken zij sombere thee, die de uil voor de gelegenheid zette.

De krekel liet zijn schouders zakken en tuurde in de zwarte thee.

'Het is heel erg,' zei de uil. 'Maar er is iets wat nog veel erger is.'

De krekel keek op. Hij wist dat niet en kon zich dat ook niet voorstellen.

'Wat is dat?' vroeg hij.

Maar de uil wilde dat niet zeggen. 'Dat kan ik niet zeggen,' zei hij.

'Waarom niet?' vroeg de krekel.

'Dat kan niet!' kraste de uil en hij ging even op zijn hoofd staan en klapperde met zijn vleugels.

'Neem me niet kwalijk,' zei hij, toen hij weer op zijn voeten stond. 'Als ik het daarover heb moet ik altijd even op mijn hoofd staan.' Hij sloeg wat stof van zijn schouders.

De krekel tuurde weer in zijn thee.

De uil wees een boek aan dat op de bovenste plank van een kast stond. Het was het grootste boek dat de uil bezat.

'In dat boek staat het,' zei hij. 'Maar het is te zwaar om op te tillen.'

'Is het veel erger dan somber?' vroeg de krekel.

'Veel erger,' zei de uil. 'Veel veel erger.'

Ze zeiden niets meer en tuurden allebei in hun thee.

Niet lang daarna ging de krekel weer naar huis.

In gedachten verzonken liep hij door het bos. Hij probeerde iets te bedenken wat erger was dan zijn sombere gevoel. Het is misschien zoiets als honingtaart, maar dan omgekeerd, dacht hij. Als hij honingtaart at was dat het lekkerste wat er bestond. En toch wist hij tegelijkertijd dat er iets was wat nog veel lekkerder was, wat altijd lekkerder was. Maar wat dat was wist hij nooit.

Hij bleef staan. Dat was vroeger, dacht hij. Vroeger was honingtaart het lekkerste wat er bestond.

Hij wreef over zijn voorhoofd. Maar als er iets is wat veel erger is, dacht hij toen, misschien is mijn sombere gevoel dan niet eens zo erg.

Hij tikte tegen zijn hoofd. 'Hallo somber gevoel,' zei hij. 'Misschien val je wel mee...'

Het sombere gevoel leek wel ineen te krimpen van schrik en ergens ver weg te kruipen.

Zonlicht gleed over de krekel heen en sloop geruisloos zijn hoofd in, en hij dacht aan zoete honingtaart en feestgedruis en maakte een sprong in de lucht.

Toen vulde het sombere gevoel weer zijn hele hoofd, keek hij weer naar de grond en sjokte hij weer verder.
Niet erg is toch erg, dacht hij, is toch heel erg.

13

Toen de dieren de krekel somber en met neergeslagen ogen door het bos zagen sjokken werden ze ook somber.

De leeuw brulde treurig in het struikgewas, nadat de krekel zonder op of om te zien rakelings langs hem was gelopen.

De snoek zwom lusteloos stroomafwaarts, toen hij de krekel boven water onder de wilg zag staan en droefgeestig naar de overkant zag staren.

De kikker hoorde de krekel mismoedig zuchten en hield op hetzelfde ogenblik op met kwaken, terwijl de reiger, die naast hem stond, mompelde: 'Ik wil niets meer...'

De olifant zette juist een voet op de onderste tak van de linde, toen hij de krekel met zijn neus op de grond langs de eik zag sloffen. Somber klom hij verder en gelaten viel hij uit de top van de linde naar beneden.

De vlinder kon alleen nog maar aan neerstorten denken en fladderde droefgeestig verder, toen hij de krekel had zien snikken.

De beer duwde een honingtaart van zich af, toen hij in de verte de krekel hoorde steunen, en de neushoorn, die dat ook hoorde, schreef een brief aan zichzelf, waarin hij zichzelf nietswaardig noemde. Dat ben ik inderdaad, dacht hij, toen hij zijn brief korte tijd later ontving. Nietswaardig.

De lijster keek uit de eik omlaag, zag hoe de krekel zijn schouders liet zakken en zong toen het somberste lied dat hij ooit had gezongen, en de wezel moest onbedaarlijk huilen toen hij tussen het struikgewas een glimp van de krekel opving.

Het was een sombere dag. Iedereen was terneergeslagen en somber.

Maar tegen het eind van de middag raakte iedereen gewend aan de krekel en aan het begin van de avond was niemand meer somber, behalve de krekel.

De olifant klom weer opgewekt in een nieuwe boom en de kikker kwaakte weer luid en zonder ophouden, terwijl hij dacht: wat is dít mooi...

Als iemand vroeg: 'Is de krekel nog somber?' dan zei iemand anders: 'Somber? De krekel? O ja, dat is waar ook.'

Sommige dieren spraken niet meer over de krekel, maar over de sombere krekel. Maar in de loop van de avond noemden ze hem toch weer de krekel, want ze meenden dat hij altijd al somber was geweest.

'We noemen jou ook niet de trage slak,' zeiden ze tegen de slak.

'Nee,' zei de slak. 'Dat is waar.'

De nacht viel en in sombere gedachten verzonken sjokte de krekel naar zijn huis, zonder dat iemand naar hem keek of aan hem dacht.

Maar toen hij de volgende dag nog somber was, begonnen sommige dieren weer aan hem te denken, en aan het eind van de middag dacht iedereen weer aan hem.

14

De olifant schreef een brief aan de dieren, waarin hij iedereen vroeg om op de open plek in het bos te komen. *Om mij een plezier te doen*, schreef hij.

Alle dieren kwamen, behalve de krekel, die te somber was om iemand een plezier te doen.

Toen ze met zijn allen daar zaten zei de olifant: 'Beste dieren. Als ik in een boom klim val ik er altijd uit.'

Hij wachtte even en keek om zich heen om te zien wat de dieren daar wel van dachten. Maar de dieren zwegen en dachten: ja, als hij in een boom klimt valt hij er altijd uit...

De olifant schraapte zijn keel en ging verder. 'Ik val omdat ik klim,' zei hij.

Ja, dachten de dieren. Dat is zo.

'Ik moet dus niet meer klimmen,' zei de olifant.

Ja, dachten de dieren.

'Maar hoe kom ik dan boven in een boom?' zei de olifant met luide stem en hij keek vragend om zich heen.

De dieren dachten na. Er verschenen rimpels in hun voorhoofd. Maar ze wisten het niet.

'Ik heb daar lang over nagedacht,' zei de olifant. Hij keek de dieren een voor een aan. 'Ik weet het,' zei hij toen.

O, dachten de dieren. Ze waren benieuwd.

'Iemand moet mij in een boom werpen,' zei de olifant.

'Werpen?' vroegen de dieren verbaasd.

'Ja,' zei de olifant.

'Maar wie moet die iemand zijn?' vroegen de dieren.

'Jullie,' zei de olifant. 'Jullie samen.'

'Wij?' zeiden de dieren verbaasd en ze krabden aan hun achterhoofd of onder hun vinnen of ze knepen verwonderd in hun neus.

Maar de olifant ging meteen aan het werk en wees iedereen waar hij moest staan en wat hij moest doen. Hij had alles van tevoren bedacht.

Niet lang daarna stonden de dieren dicht tegen elkaar aan onder de eik aan de rand van de open plek.

De olifant klom boven op ze. De dieren grepen hem beet, met hun armen en vleugels boven hun hoofd.

'Nu achteroverleunen,' riep de olifant. De dieren leunden achterover.

'Nu schrap zetten,' riep hij. De dieren zetten zich schrap.

'Nu diep ademhalen.' De dieren haalden diep adem.

'En nu werpen!' riep de olifant.

Met al hun kracht wierpen de dieren de olifant omhoog. 'Hola!' riepen ze.

De olifant vloog door de lucht en smakte met grote snelheid tegen de top van de eik aan. Hij kon nog net zijn slurf om de bovenste tak heen slaan.

De eik zwiepte door en kwam bijna tegen de grond aan, maar hij richtte zich weer op.

De olifant ging rechtop staan. 'Ik ben er!' riep hij naar beneden.

De dieren hijgden nog van de inspanning en keken omhoog.

'Zien jullie wel...' riep de olifant. Hij probeerde op één been te staan en een kleine pirouette te maken.

Met groot geraas stortte hij naar beneden.

Vlak voor de dieren viel hij op de grond. Een dikke

stofwolk rees op. Zachtjes kreunend bleef hij liggen.

De dieren besloten weer naar huis te gaan. 'We hebben hem in elk geval een plezier gedaan,' zeiden ze.

Alleen de eekhoorn bleef achter. Hij hielp de olifant voorzichtig overeind.

'Klimmen hoeft dus niet, eekhoorn,' kreunde de olifant.

'Nee,' zei de eekhoorn.

'Dat weten we nu,' zuchtte de olifant.

'Ja,' zei de eekhoorn.

'Maar vallen moet,' fluisterde de olifant.

'Ja,' zei de eekhoorn.

'Dat moet dus altijd!' riep de olifant met een schorre stem.

'Ja,' zei de eekhoorn en hij sloeg voorzichtig wat stof van de rug van de olifant.

15

Toen hij hoorde dat de krekel somber was en dat zomaar was geworden, dacht de houtspint: ik ben nooit iets.

Hij was nooit vrolijk, nooit ernstig, nooit boos, nooit onaardig en nooit mistroostig. Hij was, zover hij wist, nog nooit iets geweest.

Ik wil ook wel somber worden, dacht hij.

Vroeg in de ochtend ging hij op weg naar de krekel. Op zijn rug droeg hij een vermolmd beukentakje, waar hij onderweg af en toe iets van at.

In de middag kwam hij bij de krekel aan.

De krekel zat voor zijn deur en keek somber naar de grond.

'Dag krekel,' zei de houtspint.

De krekel keek op.

'Dag houtspint,' zei hij.

De houtspint schraapte zijn keel en zei: 'Ik wil ook somber worden.'

De krekel keek hem verbaasd aan.

'Ik ben nooit iets!' riep de houtspint. 'Nooit!' Hij stampte op de grond. 'Zelfs niet woedend!'

De krekel knikte, maar zei niets.

De houtspint somde op wat hij allemaal niet was: deemoedig, ongrijpbaar, luchthartig, scherpzinnig, argeloos, gemoedelijk, vraatzuchtig, halsstarrig, imposant.

'Dat ben ik ook allemaal niet,' zei de krekel.

'Maar jij bent wel somber,' zei de houtspint.

De krekel zweeg.

'Ik niet,' zei de houtspint.

'Het is iets in mijn hoofd,' zei de krekel. 'Een somber gevoel. Ik weet niet hoe het erin is gekomen.'

Hij vertelde over het sombere gevoel en wat het allemaal deed: bonken, boren, trappen, slaan, steken, schrapen, krabben, raspen, schuren en nog veel meer. 'Het is verschrikkelijk,' zei hij.

'Maar niets is verschrikkelijker!' riep de houtspint.

De krekel zweeg en lange tijd zaten ze zonder iets te zeggen bij elkaar. De krekel bood niets aan en de houtspint wist niet wat hij nog zou kunnen vragen. Ik word toch nooit iets, dacht hij.

Toen het donker werd ging de krekel naar binnen om op zijn bed naar het plafond te staren.

De houtspint liep naar huis. In de schemering keek hij om zich heen of hij misschien ergens een somber gevoel zag. Toen hij er een zag greep hij het beet en propte het in zijn hoofd. Het bonkte en stak wel even, maar het was te klein en schoot weer naar buiten. 'Niets lukt ook!' riep de houtspint. Het sombere gevoel leek even te aarzelen, toen verdween het in het struikgewas.

Laat in de avond was de houtspint thuis.

Hij ging aan de tafel voor zijn raam zitten. Ben ik nu moe? dacht hij. Nee, ik ben niet moe. Teleurgesteld? Nee, ook niet teleurgesteld. Verbitterd? Neerslachtig? Nee.

Hij was niets. En ik zal wel altijd niets blijven, dacht hij.

Toen viel hij in slaap, terwijl de maan groot en rond naar binnen scheen in zijn kleine kamer.

16

Somber liep de krekel door het bos. De bomen keken hem somber aan en in de verte zong de lijster een somber lied.

Alles is somber, dacht de krekel.

Hij ging op een boomstronk zitten.

Hij wilde niet nadenken, want al zijn gedachten deden pijn. Maar toch dacht hij na. Het sombere gevoel dwingt mijn gedachten, dacht hij. Hij zag het in zijn hoofd staan, midden in zijn gedachten, met een dikke tak van de rozenstruik, waarmee het ze opjoeg en op hun rug sloeg. Maar ze konden nergens heen en holden maar achter elkaar aan en probeerden wanhopig elkaar vast te houden.

Waarom? dacht de krekel. Maar elke keer als hij 'waarom' dacht sloeg het sombere gevoel harder.

Ik tsjirp ook niet eens meer, dacht hij. Hij probeerde te tsjirpen, maar zijn stem klonk schor en verdrietig. Getsjirp van niks, dacht hij bitter.

'Ik ben ten einde raad,' zei hij ten slotte tegen zichzelf.

Zo zat hij daar.

De bomen om hem heen werden zwart, en ook de lucht werd zwart, en de zon midden in de lucht. Een zwarte wind stak op en zwarte brieven vlogen hoog boven zijn hoofd van de een naar de ander.

Af en toe keek de krekel naar zichzelf. Zijn jas was zwart geworden en hij had zwarte voeten en zwarte vleugels.

In zijn hoofd waren zijn gedachten nu inktzwart en slopen om het sombere gevoel heen, dat zwart en dreigend op ze loerde. Als ik nu zou huilen, dacht hij, zou ik vast zwarte tranen huilen. Maar hij huilde niet.

De hele dag zat hij daar. De zon ging onder, maar de krekel merkte dat niet, want alles was al zwart.

De maan verscheen, zwart en rond, boven de zwarte verte.

De krekel ging op de grond liggen. Hij kon niet meer.

Maar pas midden in de nacht viel hij in slaap.

'Ah! Hij slaapt,' hoorde hij roepen. 'Nu wij!'

Het waren zwarte dromen, die op hem af holden en hem door elkaar slingerden, op zijn hoofd beukten en verfrommelden. Ze lachten luid.

Toen de zon opkwam werd de krekel wakker. Waar ben ik, dacht hij. Hij keek om zich heen. Nergens, dacht hij toen.

Hij kon zich niet goed bewegen. Alles aan hem stak en knelde.

Wat moet ik doen? dacht hij. Hij wist het niet. Maar hij stond op en liep verder. Ik moet maar verder lopen, dacht hij.

De lijster begon weer te zingen, in de top van een boom, ver weg, en de wind blies een klein briefje naar de krekel toe:

Dag krekel,
Dit is zomaar een briefje.
Dag.
    De eekhoorn

De krekel las het briefje en zuchtte diep. Toen versnelde hij zijn pas. Misschien moet ik dat maar doen, dacht hij. Mijn pas versnellen. 'Dag eekhoorn,' zei hij. 'Hier loopt zomaar een somber iemand. Dag.'

17

De olifant besloot boven in de eik te gaan wonen.

Als ik daar eenmaal woon, dacht hij, val ik vast niet meer naar beneden. Net als de eekhoorn.

Hij vond het een goed besluit. Het is in elk geval weldoordacht, meende hij.

Hij tilde zijn bed op zijn rug, klom in de eik, zette zijn bed op de hoogste tak, verloor zijn evenwicht en viel naar beneden.

Versuft bleef hij liggen. Maar hij stond weer op, zette zijn tafel op zijn rug, klom naar boven, zette zijn tafel neer en verloor opnieuw zijn evenwicht.

Zo werkte hij de hele dag. Grote builen verschenen overal op zijn lichaam, maar hij hield vol. Zijn stoel, zijn kast, zijn vloer, zijn muren, zijn dak, zijn muts: alles droeg hij naar boven.

In het begin van de avond was zijn huis klaar en stond hij voor zijn deur, die hij als laatste naar boven had gebracht. Nu kan ik veilig wonen, dacht hij en hij stapte naar binnen. Hij ging aan zijn tafel zitten en keek tevreden om zich heen.

Toch was er één ding dat ontbrak. De olifant krabde achter zijn oor en dacht na. Hij wist niet wat het was. En toch ontbrak het, dat wist hij zeker. Een lamp! Opeens wist hij het.

De olifant had zelf geen lamp.

De schemering was al gevallen toen hij voor de beuk stond en omhoog riep: 'Eekhoorn!'

De eekhoorn kwam naar buiten en keek naar beneden.

'Dag olifant,' zei hij.
'Ik ben verhuisd,' zei de olifant.
'O,' zei de eekhoorn.
'Ik woon nu in de eik,' zei de olifant. 'We zijn buren.'
De eekhoorn knikte en zweeg. Even was het stil. De olifant schraapte zijn keel.
'Ik heb alleen geen lamp,' zei hij.
De eekhoorn zei niets.
'Ik wou je vragen...' zei de olifant. 'Mag ik vanavond je lamp lenen? Ik bedoel, ik weet nog niet goed waar alles staat en zonder lamp bots ik misschien overal tegen aan. Of ik verdwaal. In mijn eigen huis, eekhoorn! Dat zou toch kunnen? Straks stap ik nog zomaar mijn deur uit en val ik naar beneden. Moet je je indenken! Dat zou verschrikkelijk zijn.'

De eekhoorn zei niets, ging naar binnen, haalde de lamp van zijn plafond, klom naar beneden en gaf hem aan de olifant.

'Dank je wel,' zei de olifant. 'Kom je gauw op bezoek?'
'Dat is goed,' zei de eekhoorn.

De olifant liep naar de eik en klom omhoog. Hij maakte de lamp aan zijn plafond vast. Toen kon hij precies zien waar alles stond: zijn tafel, zijn bed, zijn stoel, zijn kast. Hij ging aan zijn tafel zitten en keek tevreden om zich heen. Wat woon ik hier goed, dacht hij.

Hij stond weer op en zonder dat hij daartoe eigenlijk had besloten klom hij op de tafel en greep de lamp. Niet doen, dacht hij. Even maar, dacht hij. Nee, niet doen! Heel even maar! Nee!! Ja!!

Hij slingerde aan de lamp heen en weer.

'Eekhoorn!' riep hij, ook al wist hij dat de eekhoorn er niet was.

Misschien slingerde hij te hard of te hoog, of misschien hing de lamp verkeerd, maar plotseling vloog hij met lamp en al door de lucht. En omdat de lamp aan het plafond zat, en het plafond aan de muren, en de muren aan de vloer, vloog alles achter hem aan door de lucht en kwam met luid geraas onder de eik op de grond terecht.

Ach... dacht de olifant, terwijl hij zijn ogen opsloeg en zijn gebroken bed, zijn vork en twee tafelpoten zag, naast zich in het gras.

Maar ik heb in de eik gewoond, dacht hij toen. Dat kan ik voortaan altijd zeggen. Ik heb ook nog een tijdje in de eik gewoond... ach ja, het was wel aardig wonen... mooi uitzicht... maar ja...

18

De beer zat voor zijn huis te denken aan honingtaart en de geur van zoete wilgentaart en de bijzondere smaak van disteltaart, toen de krekel, in gedachten verzonken, langsliep.

'Heb je soms toevallig taart bij je?' vroeg de beer.

De krekel keek op en zei: 'Nee.'

'Nou ja,' zei de beer, 'kom toch maar even op bezoek.'

De krekel ging naar binnen.

De beer zei dat hij niets in huis had en schonk een schraal kopje thee in, dat hij zelf met tegenzin dronk.

'Daar is niets aan te doen,' zei hij.

De krekel vertelde hem dat hij somber was en een somber gevoel in zijn hoofd had.

'Hoe ziet dat gevoel eruit?' vroeg de beer.

'Ik weet het niet,' zei de krekel. 'Ik denk grijs.'

'Hoe smaakt het?' vroeg de beer.

'Bitter,' zei de krekel. Soms meende hij zijn sombere gevoel te proeven.

De beer knikte. 'Ik weet wat je bedoelt,' zei hij. 'Ik heb eens een sombere taart meegemaakt.'

Het was op een verjaardag geweest, ver van het bos. Zeldzame dieren had hij daar gezien: de emoe, de bonttor, de mara en nog enkele dieren die zich zelden vertoonden. Wie er jarig was, was hem ontschoten.

'Hoe zag die taart eruit?' vroeg de krekel.

'Ook grijs,' zei de beer. 'Smakeloos grijs. Zo heet dat. Met grijze room en grijze suiker.'

De krekel zuchtte.

'Hij stond midden op tafel,' zei de beer. 'Niemand durfde hem op te eten.'

Hij keek de krekel aan. Maar de krekel keek in zijn lege kopje.

'Maar ik wel,' zei de beer toen. 'Ik durf elke taart op te eten, krekel.'

Hij sprong overeind en keek de krekel met vlammende ogen aan.

'Er is geen taart in de wereld waar ik bang voor ben!' riep hij.

'Hoe smaakte die taart?' vroeg de krekel.

'Verschrikkelijk,' zei de beer, terwijl hij weer ging zitten. 'Bitter en verschrikkelijk. Maar ik heb hem opgegeten. Tot de laatste kruimel.'

De krekel knikte, terwijl het sombere gevoel in zijn hoofd met kracht tegen zijn achterhoofd trapte.

'Iedereen stond eromheen en was diep onder de indruk,' zei de beer.

Hij vertelde dat het daarna nog een heel gezellige verjaardag was geweest. Hij had gedanst met de varaan, en er waren andere taarten geweest, milde taarten, aardige taarten, vrolijke taarten... Iedereen had hem hartelijk bedankt. Want zonder hem had die taart daar nog gestaan en zou het feest zijn mislukt.

Toen de beer was uitgesproken was het lange tijd stil. De zon scheen door de open deur naar binnen en de zwaluw vloog voorbij. De beer goot nog wat schrale thee in het kopje van de krekel, die niet wist wat hij zeggen moest.

'Ik heb ook eens een ontroostbare taart gegeten...' zei de beer. Maar toen wilde de krekel juist weggaan.

Hij groette de beer en liep verder door het bos. Het

sombere gevoel schommelde rusteloos heen en weer in zijn hoofd, en voor de zon hing een grote zwarte wolk.

19

De slak lag in het zonlicht onder de plataan te peinzen, toen de krekel langs hem liep.

'Dag slak,' zei de krekel.

De slak keek op, stak zijn steeltjes een klein stukje naar voren en zei: 'Dag krekel.'

De krekel bleef staan en zei: 'Ik ben somber, slak.'

De slak fronste zijn voorhoofd, tilde zijn hoofd iets verder op, hield het schuin, keek de krekel lange tijd aan en zei: 'Ik ben veel somberder.'

'Wat erg,' zei de krekel.

'Wat erg?' zei de slak en er verscheen een verbaasde uitdrukking op zijn gezicht. 'Wat zwaar zal je bedoelen.'

'Wat zwaar,' zei de krekel.

'Ja, wat zwaar,' zei de slak. Hij begon de krekel een uitvoerig verhaal te vertellen over hoe zwaar het hem viel somber te zijn, maar dat hij niet zo iemand was die daar dan maar een liedje bij floot of ging dansen. Daar hoefde de krekel niet op te rekenen. Voor gewichtigheid ging hij, de slak, niet uit de weg.

De krekel liet zijn hoofd tussen zijn schouders zakken en luisterde na enige tijd niet meer.

'Lijd je eronder?' vroeg hij, toen de slak even zweeg om wat slijm van zijn mond te vegen.

'Wat?' zei de slak. Hij leek onthutst te zijn. Ik heb hem nog nooit onthutst gezien, dacht de krekel.

'Lijd je eronder?' vroeg hij opnieuw.

De slak wist niet wat lijden was. 'Ja,' zei hij en voegde

daar voor alle zekerheid aan toe: 'Maar in zekere zin ook nee.'

'O,' zei de krekel.

De slak vervolgde zijn verhaal en somde het enorme gewicht van zijn somberheid en al haar uitsteeksels – zo zei hij dat – op.

Misschien ben ik maar een beetje somber, dacht de krekel. Misschien is mijn somberheid maar een somberheid van niets. Maar het sombere gevoel zat wel in zijn hoofd en wilde er niet uit.

'Ik ben verschrikkelijk somber,' zei hij, toen de slak even zweeg.

'Ah,' zei de slak. 'Verschrikkelijk somber dus. Ja ja. Nu ben je zeker gauw even verschrikkelijk somber. Maar dan vergis je je, krekel. Jouw somberheid is niets vergeleken bij de mijne.' Er fonkelden kleine lichtjes in zijn ogen, die de krekel nog nooit had gezien.

'Nooit zal je zo somber worden als ik,' ging de slak verder en hij vertelde langzaam en omstandig alles wat hij wist van zichzelf en waar volgens hem nooit iemand tegenop zou kunnen. Zijn borst zwol zodat hij niet goed meer in zijn huisje paste. Een van zijn muren begon te kraken en op zijn hoofd zwaaiden zijn steeltjes heen en weer alsof hij minzaam wuifde naar een menigte van geen belang.

'O,' zei de krekel zo nu en dan.

Tegen de middag werd de slak hees en kon hij niets meer zeggen.

'Ik ga weer,' zei de krekel.

De slak knikte en keek hem na. Ik ben alles meer dan iedereen, dacht hij. Maar het meest van alles ben ik langzaam. Hij vond het jammer dat de krekel niet gezegd had dat hij langzaam was, want dan had hij hem toch een verhaal kunnen vertellen... Dan was hij nu nog maar aan het begin daarvan geweest. Hij zuchtte, draaide zijn hoofd om en keek bezorgd naar de barst in zijn huisje.

20

Ik ben verloren, dacht de krekel, ik ben gehavend en verloren.

Hij zat op een stronk midden in het bos. Het sombere gevoel bonkte tegen zijn voorhoofd, alsof het in het donker rondliep en de weg niet wist.

Als je somber bent, dacht de krekel, ben je nog veel meer. Wanhopig, treurig, verdrietig, bedroefd, eenzaam. Somber sleept dat allemaal achter zich aan.

'Somber!' riep hij opeens. Hij wist niet waarom. Zijn stem klonk hol en mistroostig.

De kraai hoorde hem en streek naast hem neer. 'Riep je mij?' vroeg hij.

'Nee,' zei de krekel.

'O,' zei de kraai.

'Ik ben somber, kraai. Ik ben heel somber,' zei de krekel.

De kraai keek hem aan en krabde aan zijn achterhoofd. Hij fronste zijn wenkbrauwen en liep om de krekel heen. Hij ging ook op zijn rug liggen en keek onder de vleugels van de krekel, en in zijn hals.

'Nee hoor,' zei hij toen, 'je bent helemaal niet somber.'

'Niet somber?' zei de krekel. 'Ik ben heel erg somber.'

'Geen sprake van,' zei de kraai.

'Geen sprake van?' zei de krekel. 'Ik ben verschrikkelijk somber!'

Maar de kraai schudde zijn hoofd. 'Je bent in de verste

verte niet somber,' zei hij.

'Ik ben het wel!' riep de krekel.

'Je bent het niet!'

'Wel!'

'Niet!'

Dreigend stonden ze tegenover elkaar en ze stampten allebei op de grond.

'Vraag het maar aan de mier!' riep de krekel.

'Aan de mier?' kraste de kraai. 'Aan de mier? Vraag het maar aan mij! Ik weet wat het is!'

'Je weet helemaal niet wat het is!' gilde de krekel.

'Ik weet het wel!' schreeuwde de kraai.

'En dat gevoel in mijn hoofd dan?'

'Dat is lucht.'

'Lucht?' riep de krekel. 'Zeg je dat dat lucht is?'

'Zware lucht,' kraste de kraai. 'Misschien wel zwarte lucht. Maar lucht.'

De krekel zei niets meer en zakte door zijn poten. Hij kwam met zijn hoofd op de grond terecht en begon te snikken. Tranen stroomden op de donkere aarde tussen het gras. 'Tranen van lucht,' fluisterde hij.

'Ja,' kraste de kraai, 'dat zijn tranen van lucht. Nu zeg je eindelijk eens iets verstandigs.' Hij vloog naar de onderste tak van de beuk.

'Somber...' kraste hij schamper. 'Wel ja...!'

De krekel moest lang en wanhopig snikken en de kraai verdween, kwaad krassend, tussen de bomen door.

Ik ben dus niet somber, dacht de krekel. Nu weet ik het helemaal niet meer.

Hij wilde zijn vleugels ten hemel heffen, maar hij kon ze niet meer optillen. Hij rolde omver en bleef op zijn rug liggen.

Ik ben heel vrolijk, dacht hij. Ik tsjirp, ik dans, kijk maar...

Maar niemand zag hoe hij daar in een kleine poel van tranen in het zonlicht lag.

21

De olifant schreef een brief aan de eik.

> *Geachte eik,*
> *Gaarne wil ik u iets vragen.*
> *Ik wil heel graag één keer in u klimmen zonder te vallen.*
> *Als u dat goedvindt zal ik aan iedereen vertellen*
> *dat u de mooiste, de sterkste en de beste boom*
> *bent die er bestaat, wat u maar wilt, en dat*
> *zoals u ruist en ritselt niemand ruist en ritselt.*
> *Ik ben bereid alles over u te vertellen*
> *waarvan u vindt dat iedereen het hoort te weten.*
> *Verder mag u zelf uitmaken hoe ik beneden kom,*
> *als u er maar voor zorgt dat het geen vallen is.*
> *En ik zal ook aan de eekhoorn vragen of u*
> *een keer aan zijn lamp mag slingeren.*
> *Dat is het heerlijkste wat er bestaat, eik.*
> *Eigenlijk precies het omgekeerde van vallen.*
> *De olifant*

Nadat hij die brief had verstuurd ging de olifant onder de eik zitten en wachtte op een antwoord.

Maar dat antwoord kwam niet.

Af en toe keek hij omhoog. Het is vast nee, dacht hij.

Toen hij zeker wist dat er geen antwoord zou komen stond hij op, vouwde zijn oren tegen zijn hoofd, zuchtte en begon omhoog te klimmen.

Dan maar vallen, dacht hij.

22

De krekel liep door het bos. Maar hij wist niet waar hij heen ging. Het sombere gevoel in zijn hoofd hield al zijn plannen en gedachten tegen.

Hij liep het bos uit, slofte door het weiland, sleepte zich door de steppe en kwam in de woestijn.

Het was heel warm, maar de krekel had het niet warm.

Ik weet niet waar ik ben, dacht hij. Hij keek alleen maar naar de grond en zette zijn ene voet voor zijn andere.

Tegen de avond was hij in het midden van de woestijn aangekomen. De zon ging groot en gloeiend onder.

De krekel bleef staan en keek om zich heen. O, de woestijn, dacht hij. Daar ben ik dus. Het sombere gevoel trapte recht omhoog tegen de bovenkant van zijn hoofd. Het staat zeker op zijn eigen hoofd, dacht de krekel.

Plotseling zag hij iets reusachtig groots en zwarts recht voor zich.

De krekel deed een stap achteruit en bleef staan. In zijn hoofd werd het stil.

Hij ging met een voelspriet langs zijn dorre lippen. Ik weet wat dat is, dacht hij. Hij wist niet hoe hij dat wist, maar hij wist wel dat hij het wist.

Hij struikelde, zakte langzaam op zijn zij, rolde om en bleef op zijn rug liggen. Zand kwam in zijn oren en zijn ogen.

Het zwarte gevaarte kwam op hem af en boog zich over hem heen.

'Ik kan niet meer,' fluisterde de krekel. 'Ik kan echt niet meer.'

Toen voelde hij een reusachtige hand die hem optilde. Hij kon zich niet meer verroeren.

Hij voelde de donkere adem van de somberheid – want die was het, de grote somberheid – over zijn gezicht strijken. Hij kreeg het heel koud. Nu verdwijn ik, dacht hij. Nu...

Toen viel hij, draaide rond en rond en wist niets meer.

De volgende ochtend werd hij wakker, in het zand, midden in de woestijn. De zon scheen op hem neer.

De krekel sloeg zijn ogen op. De grote somberheid was weg. De woestijn was vlak en leeg en trilde in de zon.

Maar het sombere gevoel in zijn hoofd was er nog wel. En ik ben er ook nog, dacht de krekel.

Hij stond op. Ik ga terug, dacht hij. Hij liep in de richting van het bos. Hij slofte niet meer, maar liep met grote passen en af en toe holde hij zelfs. Het sombere gevoel klotste in zijn hoofd, alsof daar ruimte over was.

Zweetdruppels stroomden langs zijn gezicht en zijn voelsprieten gloeiden.

Hij dacht aan de grote somberheid. Wat wilde hij, dacht hij. Mij meenemen? Maar waarheen dan? Liet hij mij soms los en viel ik daarom? Was dat per ongeluk?

Hij wist het niet. En wat deed de grote somberheid daar eigenlijk, midden in de woestijn? dacht hij. Op mij wachten? Nee, dat kan niet. Hij wilde iets anders, hij wilde vast iets anders.

Maar wat de somberheid wilde, dat wist de krekel niet.

23

Toen de krekel thuiskwam bedacht hij dat hij de volgende dag jarig was.

Hij wreef over zijn gezicht, schudde zijn hoofd en schreef een brief aan alle dieren:

> *Mijn verjaardag gaat niet door.*
> *Helaas.*
> *De krekel*

Hij bakte een kleine, treurige taart voor het geval iemand de brief niet zou lezen, en zette zijn tafel buiten voor de braamstruik.

Op de ochtend van zijn verjaardag mompelde hij tegen zichzelf: 'Nergens mee gefeliciteerd, krekel.'

'Nee,' mompelde hij terug.

Hij zette de treurige taart op de tafel en ging aan het hoofd zitten.

De zon scheen, het was een warme dag en hoog in de lucht vloog de zwaluw af en toe voorbij.

Er kwam niemand. De hele dag zat de krekel daar en keek langs zijn verlaten tafel. Ik ben jarig, dacht hij zo nu en dan. Het sombere gevoel vulde zijn hele hoofd en al zijn gedachten deden pijn. Zouden gedachten kunnen bloeden, dacht hij. Als ze kunnen bloeden dan bloeden ze nu.

Aan het eind van de middag liep de eekhoorn langs de braamstruik en zag de krekel zitten. Aarzelend stapte hij op hem af.

'Ik ben toch maar even gekomen,' zei hij. Hij kuchte.
De krekel knikte.
'Ik heb ook wat meegebracht,' zei de eekhoorn. 'Alsjeblieft.' Hij gaf de krekel een cadeau.
Het was een muts die je over je hele hoofd kon trekken.
'Zal ik hem opzetten?' vroeg de krekel.
'Dat is goed,' zei de eekhoorn.
De krekel zette de muts op en trok hem over zijn hoofd.
De eekhoorn stak een grijze korrel van de taart in zijn mond en besloot niet meer te nemen.
'Ben je nog somber?' vroeg hij, toen ze lange tijd zwijgend tegenover elkaar hadden gezeten.
'Ja,' zei de krekel vanonder zijn muts.
De zon begon al achter de bomen te dalen.
'We gaan niet lachen,' zei de krekel.
'Nee,' zei de eekhoorn.
'Of zingen,' zei de krekel.
'Nee.'
'En we gaan helemaal niet dansen.'
'Nee.'
'Eigenlijk ben je er niet, eekhoorn,' zei de krekel.
'Nee, eigenlijk ben ik er niet,' zei de eekhoorn. 'Eigenlijk is er niemand.'
'Ja,' zei de krekel. 'Dat is het. Eigenlijk is er niemand.'
Toen het al schemerig was stond de eekhoorn op.
'Kom,' zei hij. 'Ik ga maar weer.'
'Ja,' zei de krekel.
Meer zei hij niet en de eekhoorn groette hem en ging weg.
De krekel zat nog aan zijn tafel, met zijn muts over zijn ogen. De maan klom boven het bos uit en scheen op de

braamstruik en op de muts van de krekel.

Later zal ik je een brief schrijven, dacht de krekel, waarin staat: *dank je wel, eekhoorn.* Maar nu niet.

Hij stond op, deed zijn muts af, gooide de taart in het struikgewas, droeg de tafel naar binnen en ging op zijn bed liggen.

Hij keek naar zijn plafond. Later, dacht hij, zou dat eigenlijk wel bestaan?

Hij wist het niet.

24

De krekel zat aan zijn tafel en dacht: ik moet iets doen. Maar wat?

Het sombere gevoel zat zwaar en onwrikbaar in zijn hoofd en gaf hem af en toe onverwacht een harde stomp.

'Wat wilt u?' vroeg de krekel.

Het bleef stil in zijn hoofd. Nooit antwoorden, dacht de krekel bitter, dat is wat u wilt.

Ten einde raad besloot hij een briefte schrijven.

> *Geacht somber gevoel,*
> *Hoe gaat het met u?*
> *Hoe het met mij gaat weet u vast wel.*
> *Kan ik misschien iets voor u doen?*
> *Zal ik vragen voor u beantwoorden?*
> *U weet misschien geen antwoord op*
> *vragen waarop ik wel een antwoord weet.*
> *(Net zoals u vragen weet voor antwoorden*
> *waar ik geen vraag voor weet.)*
> *Als ik dat doe gaat u dan weg?*
> *Zal ik iets moois bedenken waar u heen kunt gaan?*
> *De oceaan bijvoorbeeld? Of de maan?*
> *Ik wil u heel graag helpen als u weggaat.*
> *U blijft toch niet altijd?*
>   *De eigenaar van het hoofd waarin u zit*

De wind stak op, het raam woei open en de brief vloog omhoog, wervelde in het rond en verdween.

Toen ging de wind weer liggen.

Het was heel stil in het hoofd van de krekel.

Nu leest het sombere gevoel, dacht de krekel. Maar hij wist dat niet zeker en hij vroeg zich af of hij misschien alles maar verzon, zelfs het sombere gevoel.

Maar even later stak de wind weer op en viel er een brief op de tafel.

Het was een donkere brief, waarin met dikke zwarte letters stond:

GRAUGSCHRGT

Dat was alles. Er stond ook geen afzender onder.

De krekel liet zijn hoofd zakken. 'Dank je wel, somber gevoel,' zei hij en sloeg met zijn vuist tegen zijn hoofd.

Hij viel met stoel en al om, en de tafel viel over hem heen.

De brief lag precies op zijn gezicht.

'Graugschrgt', las hij opnieuw.

Ik kan dus niets voor hem doen, dacht de krekel. Hij weet natuurlijk alle antwoorden op alle vragen.

Het sombere gevoel leek op te staan. Het begon te boren. Maar waarin?

25

De olifant was ziek. Hij lag op zijn rug op het mos onder de eik en keek met gloeiende ogen omhoog naar de top van de eik.

De eekhoorn zat naast hem.

Af en toe kreunde de olifant even, of voer er een rilling door hem heen.

'Misschien klim ik wel nooit meer in een boom,' zei hij plotseling.

De eekhoorn knikte. Daarna was het weer stil.

'Wat zou er eigenlijk gebeuren als je nooit meer in een boom klimt?' vroeg de olifant een tijd later.

'Ik weet het niet,' zei de eekhoorn. De zon scheen en hij dacht aan het glinsteren van de golven in de rivier. Wat zou er gebeuren als ik dat nooit meer zou zien, dacht hij.

'Wat zijn dat?' vroeg de olifant. Hij wees met de punt van zijn slurf naar twee dikke druppels die langzaam langs zijn gloeiende wangen naar beneden rolden.

De eekhoorn bekeek de druppels en zei: 'Dat zijn tranen.'

'O,' zei de olifant en hij liet zich op zijn zij vallen.

Lange tijd dacht hij na en zei, met zijn rug naar de eekhoorn toe: 'Misschien slinger ik ook nooit meer aan je lamp.'

De eekhoorn porde met een teen in het mos. Dat zou heel erg zijn, dacht hij. Maar hij zei dat niet.

Het was een warme dag en de eekhoorn leunde achterover en deed zijn ogen dicht.

Plotseling schrok hij wakker. De olifant was verdwenen.

De eekhoorn keek om zich heen.

Toen wist hij waar hij kijken moest. De olifant stond op de onderste tak van de eik. 'Ik kan niet meer,' zei hij. Hij wankelde en klapperde met zijn tanden.

'Ik dacht dat je nooit meer in een boom zou klimmen,' zei de eekhoorn.

'Ja,' zei de olifant, 'dat dacht ik ook. Maar als er dan iets verschrikkelijks zou gebeuren? Iets waar ik nog nooit van heb gehoord?'

De eekhoorn zei niets.

'Wat dan?' vroeg de olifant. Zijn wangen gloeiden en hij keek de eekhoorn met grote ogen aan.

De eekhoorn wist niet wat hij moest antwoorden en de olifant zette een voet op de volgende tak. Maar hij kon echt niet meer. Met een doffe klap viel hij achterover op de grond.

Zijn slurf was geknakt en hij zei zachtjes: 'Au, au.'

De eekhoorn legde een deken over hem heen en zei: 'Probeer maar te slapen.'

'Nu klim ik echt nooit meer, eekhoorn,' zei de olifant. Hij sloeg met zijn voorpoten tegen zijn hoofd. 'Wat er ook gebeurt!' riep hij met schorre stem. Maar hij riep dat niet tegen de eekhoorn, maar tegen zichzelf. 'Goed,' mompelde hij, 'ik geloof je. Maar als...' Hij probeerde met zijn slurf te zwaaien, maar dat lukte niet. 'Er is geen als,' zei hij toen. 'Er is nooit meer als.'

Daarna zweeg hij.

Maar na een tijd draaide hij zich naar de eekhoorn toe en vroeg: 'Denk je dat mijn ziekte noodlottig is?'

De eekhoorn wist niet wat noodlottig was en zei: 'Sst. Slapen.

Toen viel de olifant in slaap en werd al slapend weer beter.

26

Onder de grond zaten de mol en de aardworm bij elkaar in het donker.

'Heb je het al gehoord, aardworm?' vroeg de mol.
'Wat?' vroeg de aardworm.
'Dat de krekel somber is,' zei de mol.
'O ja?'
'Ja. Hij is het geworden.'
'Ach...'
Ze keken allebei naar de grond.
'Moeten we hem niet gelukwensen?' vroeg de aardworm.
'Ja,' zei de mol. 'Dat moet.'
Ze schreven een brief aan de krekel:

Geachte krekel,
Hartelijk gelukgewenst dat het u
gelukt is somber te worden.
Ons nog niet.
      De mol en de aardworm

Ze probeerden al heel lang somber te worden, maar het lukte ze nooit. Ze stonden voor zwarte spiegels, lieten hun schouders zakken, fronsten hun voorhoofd, dachten aan de zon en wierpen vreugdeloze blikken om zich heen.

'Bijna,' zeiden ze telkens tegen elkaar. 'We zijn het bijna.' Maar ze waren het nooit helemaal.

Die nacht dronken ze zwarte thee en vroegen zich af

hoe de krekel somber was geworden en wat hij nu zou doen. 'Zou hij nu echt treuren?' vroeg de mol.

'Ik weet het niet,' zei de aardworm en hij duwde zijn neus in de grond.

De hele nacht zaten ze bij elkaar. Af en toe spraken ze even over zwaarmoedig jammeren of over leedwezen en onheil. Maar de meeste tijd zwegen ze.

Ten slotte gingen ze maar dansen, in een hoek van de kamer.

Ze dansten dicht tegen elkaar aan.

'Wat dansen we heerlijk,' zeiden ze gelaten. Want als ze somber hadden kunnen dansen, hadden ze nog heerlijker gedanst, die nacht.

Pas in de ochtend kwam er een brief terug van de krekel.

Geachte mol en aardworm,
Het is me niet gelukt. Het is zomaar gebeurd.
Was ik maar u.
              De krekel

Maar de mol en de aardworm lazen die brief niet. Ze sliepen.

27

De krekel leunde tegen de linde en liet zijn hoofd zakken. Het sombere gevoel schoof naar voren en drukte zwaar tegen de achterkant van zijn ogen. Niet doen, dacht hij. Maar hij zei niets.

Hij hoorde kloppen.

'Ja,' zei hij. Hij keek om zich heen, maar hij zag niemand. Weer werd er geklopt. Het geluid kwam uit de linde.

'Ja,' zei de krekel, met zijn hoofd in de richting van de stam.

Het was even stil.

'Wat?' riep een stem toen van binnen uit de linde.

'Klopt u voor mij?' vroeg de krekel.

'Voor wie?' vroeg de stem. Het was de houtworm, die daarbinnen aan het werk was.

'De krekel,' zei de krekel.

'De wat?' riep de houtworm.

'De krekel!' riep de krekel.

Even was het stil.

'Wat bent u aan het doen?' vroeg de houtworm.

De krekel dacht na en zei: 'Ik ben somber.'

'Wát bent u?' vroeg de houtworm.

'Somber,' zei de krekel.

'Wát?'

'Somber!'

'Ik versta u niet. Wat bent u nu?'

'Somber!' De krekel schreeuwde zo hard als hij kon, met zijn mond tegen de stam van de linde aan.

De houtworm klopte een paar keer op het hout.

'Ik versta u nog steeds niet,' zei hij. 'Waarom komt u niet binnen?'

'Hoe?' vroeg de krekel.

'Wat zegt u?'

'Hoe?!' schreeuwde de krekel.

'Wel ja,' zei de houtworm. 'U denkt zeker dat u duidelijk bent. Hoe, hoe... wie heeft dáár ooit van gehoord?'

De krekel zei niets.

'Bent u op weg ergens heen?' vroeg de houtworm.

'Nee,' zei de krekel.

'Waarom niet?'

Dat wist de krekel niet.

'Kunt u soms nergens naartoe?' vroeg de houtworm.

De krekel knikte, maar antwoordde niet.

'Weet u wat ik vind?' zei de houtworm.

'Nee,' zei de krekel.

'Ik vind u een zonderling,' zei de houtworm.

'O,' zei de krekel.

'Bent u het met mij eens of niet?'

De krekel zweeg.

De houtworm stak zijn hoofd naar buiten. 'U en lucht,' zei hij. 'Twee zonderlingen.'

Hij trok zijn hoofd weer terug en zei: 'Ik heb geen tijd voor zonderlingen.'

'Waar hebt u wel tijd voor?' vroeg de krekel.

'Wat?' zei de houtworm.

De krekel zweeg. Waar heb ik zelf tijd voor, dacht hij. Hij haalde zijn schouders op. Nergens voor, dacht hij. Het was alsof het sombere gevoel al zijn tijd had opgeslokt.

'Dag zonderling,' zei de houtworm en verdween in een dikke zijtak van de linde.

'Dag houtworm,' zei de krekel.

Een zonderling, dacht de krekel. Ik ben dus een zonderling. Ik, die eens tsjirpte en danste...

Hij probeerde te zuchten, of desnoods te huilen, maar er gebeurde niets. Hij zat daar maar.

28

Op een ochtend viel de olifant aan de voet van de eik in slaap.

Het was stil in het bos. De hommel gonsde in de rozenstruik en de geur van kamperfoelie kringelde tussen de bomen door.

Toen de olifant nog maar net sliep stond hij op, stak zijn voorpoten vooruit, in de richting van de eik, en begon naar boven te klimmen.

Volgens mij slaap ik, dacht hij. Hij hield zijn ogen zorgvuldig dicht.

Kalm en met rechte rug klom hij naar boven.

Wat slaap ik heerlijk, dacht hij.

Hij hoorde geroezemoes boven zijn hoofd. Het geroezemoes van een feest, dacht hij. Wat gezellig! Een feest in mijn slaap!

Toen hij boven in de eik kwam had hij het heel warm gekregen. Ik denk dat ik in de woestijn ben, dacht hij. Het geroezemoes werd luider, en de wind blies de top van de eik heen en weer.

Iemand sjort aan mij, dacht de olifant. Iemand wil zeker met mij dansen. Wat aardig!

'Dat is goed,' zei hij en hij begon te dansen. Hij wist niet met wie hij danste, want hij hield zijn ogen nog steeds dicht. Ik slaap immers, dacht hij.

'Wat dansen we heerlijk,' zei hij. De ander ruiste slechts en gaf geen antwoord.

'Zal ik eens een pirouette maken?' vroeg de olifant. 'Vindt u dat goed? Een kleine pirouette?'

Toen hoorde hij een stem: 'Olifant! Olifant!'

Hij deed zijn ogen open en keek naar beneden. Ver weg zag hij de eekhoorn staan, aan de voet van de eik. De olifant stond juist op één been en wilde aan een pirouette beginnen.

'Ja?' riep hij en verloor zijn evenwicht. Hij viel door de takken van de eik heen, sleurde bladeren met zich mee en kwam met een enorme klap voor de voeten van de eekhoorn op de grond terecht.

'Waarom werd ik ook wakker?' kreunde hij, toen hij zijn ogen een tijd later opendeed. 'Ik word altijd wakker.' Er stonden tranen in zijn ogen.

De eekhoorn zat naast hem.

'Het spijt me, olifant,' zei hij. 'Ik wilde vragen of je bij mij op bezoek komt.'

De olifant veegde met zijn slurf de tranen van zijn wangen.

'Heb je die lamp nog?' fluisterde hij.

'Ja,' zei de eekhoorn.

Even later gingen ze op weg naar de beuk. De eekhoorn ondersteunde de olifant en droeg hem voor alle zekerheid naar boven.

'Ik bedoel: die lamp aan je plafond?' vroeg de olifant, toen ze halverwege de beuk waren.

'Ja,' hijgde de eekhoorn. De olifant was zwaar en het huis van de eekhoorn was hoog in de beuk.

29

Toen de salamander hoorde dat de krekel somber was besloot hij een winkel te beginnen.

Als de een somber is, dacht hij, wil de ander ook somber zijn. Let maar op. Als de een taart wil, wil de ander ook taart.

Onder de acacia opende hij zijn winkel en verkocht somberheden.

Vroeg in de middag kwam de zwaan langs. 'Wat hebt u voor somberheden?' vroeg hij.

De salamander keek hem aan. Een deftige klant, dacht hij. 'Velerlei somberheden,' zei hij. 'Er is ongetwijfeld een somberheid naar uw gading in mijn inventaris.'

Hij pakte een aantal somberheden van zijn schappen en legde ze op zijn toonbank.

'Dit is een elegante somberheid,' zei hij. 'En dit is een zeldzame ingetogen somberheid.'

'Ach,' zei de zwaan, 'wat mooi,' en hij hield een kleine zwarte, maar doorzichtige somberte voor zijn gezicht.

'Zal eenieder weeklagen die mij zo ziet?' vroeg hij.

'Zonder enige twijfel,' zei de salamander. 'En des te smartelijker indien u op gezette tijden bijna onmerkbaar een traan wegpinkt.'

De zwaan bekeek nog een gure winterse, een muffe zwartgallige, een scherpe haatdragende en een hartverscheurende vale somberheid. Maar hij nam de zeldzame ingetogen somberheid en ging ernstig weg.

Later in de middag kwam de krekel langs de winkel van de salamander en bleef voor de etalage staan.

De salamander zag hem en kwam naar buiten. Hij sloeg zijn hand voor zijn mond. 'Ach...' zei hij. 'Wat een schitterende somberheid...' Hij schudde zijn hoofd en bekeek de krekel van alle kanten.

'Als je hem soms van de hand wilt doen, krekel...' zei hij peinzend. 'Ik vind hem oogstrelend. Oogstrelend!'

Maar de krekel keek langs hem naar de duisternis tussen de bomen. Zijn sombere gevoel holde in zijn hoofd van zijn ene oor naar zijn andere oor en stampte daarbij vervaarlijk.

'Ik weet het niet,' zei hij.

'Als je je bedenkt, krekel...' zei de salamander.

Nieuwe klanten verschenen. Ze waren op zoek naar kleine sombere stemmingen voor één avond, maar ook naar jarenlange somberheid of naar sombere gevoelens met stekels of glibberige schubben.

De salamander was heel vrolijk en sprong achter zijn toonbank heen en weer. Hij stelde niemand teleur.

Aan het eind van de middag legde hij een zwarte doek over alle overgebleven somberheden heen. Anders verbleken ze, dacht hij, en wil niemand ze meer.

De krekel was toen al diep het bos in gelopen, zonder te weten waarheen. De zon scheen laag tussen de bomen door. Het was een warme dag, maar de krekel had het koud en rilde.

30

De krekel liep met gebogen hoofd voor zijn huis heen en weer. Zwaar hingen zijn vleugels langs zijn flanken en zijn voeten waren dik en log.

Waarom ben ik toch somber? dacht hij. Waarom toch?

Hij had zich die vraag al honderd keer gesteld zonder een antwoord te kunnen bedenken, en toch stelde hij hem telkens opnieuw. Waarom? Waarom?

Anders ben ik toch altijd vrolijk? dacht hij. In zijn gedachten zag hij zichzelf door het bos springen en vliegen en hoorde hij zichzelf tsjirpen. Ben ík dat? dacht hij. En ben ík dit nu?

Hij schudde zijn hoofd.

Misschien heeft dat sombere gevoel zich vergist, dacht hij. Hij bleef plotseling staan. Misschien houdt het mij voor een ander!

Hij tikte tegen zijn hoofd. 'Somber gevoel,' zei hij.

Het bleef stil. Hij had dat wel gedacht en ging verder. 'Weet je wel waar je bent?' vroeg hij. 'Denk je soms dat je in het hoofd van de tor bent? Of in dat van de kraai? Dan vergis je je. Je bevindt je in het hoofd van de krekel. Dat ben ik. De krekel. Dat wist je zeker niet, hè? Ik ben altijd vrolijk. Altijd, somber gevoel!'

Weer zweeg hij en luisterde aandachtig. Maar hij hoorde niets en voelde ook niets bonken of schuren in zijn hoofd. 'Vergissen is niet erg, somber gevoel,' zei hij. 'Ik vergis me zo vaak. Soms ga ik tsjirpen als ik eigenlijk wil vliegen. En soms... Maar als ik daarover begin...'

Hij hield even zijn adem in, keek om zich heen en ging

weer verder: 'Ik neem je niets kwalijk, somber gevoel, echt niet. Je mag met opgeheven hoofd uit mijn hoofd vertrekken.'

Hij kuchte even. Hij vond die laatste zin nogal eigenaardig. Maar hij vond hem ook mooi. Hij hield van opgeheven hoofden. Had ik zelf maar weer een opgeheven hoofd, dacht hij.

Er gebeurde niets. 'Ga maar,' zei de krekel. 'Ga nu maar. Ik ben de krekel. De krekel, somber gevoel. De krekel! Niet de tor of de kraai of de inktvis of de termiet. De krekel. Je hebt je vergist! Je bent verdwaald! Ga maar gauw!'

Het was vroeg in de ochtend, de zon scheen tussen de takken van de linde door en in de rivier stak de karper opgewekt zijn hoofd boven water.

De krekel wist niet wat hij nog meer kon zeggen. Er gebeurde niets in zijn hoofd. Het sombere gevoel bleef zitten waar het zat.

Toen rukte de krekel aan zijn hoofd, slingerde het heen en weer, sloeg het tegen de grond, kneep zo hard mogelijk in zijn voelsprieten en viel om.

Languit op zijn rug bleef hij in het dorre stof onder de linde liggen. Het is niet verdwaald, dacht hij. Het moet bij mij zijn. Het is thuis.

31

De krekel zat in het gras. Het sombere gevoel sloeg met stokken op de binnenkant van zijn hoofd.

De olifant zat naast hem. 'Als je klimt,' zei hij, 'ben je nooit somber. Dat kan niet.'

'Waarom kan dat niet?' vroeg de krekel.

'Dat is een wet,' zei de olifant.

'En als je valt?' vroeg de krekel.

'Als ik val,' zei de olifant, 'heb ik pijn. Maar ik ben niet somber.' Er stonden rimpels op zijn voorhoofd en hij dacht diep na. 'Nee,' zei hij, 'somber ben ik dan niet.'

De krekel zei niets.

'We zouden samen kunnen klimmen...' zei de olifant.

'Weet je zeker dat je er nooit somber van wordt?' vroeg de krekel.

'Ja,' zei de olifant. 'Heel zeker. Ik, de olifant, ben nog nooit somber geweest als ik in een boom klom en ook nog nooit somber als ik er weer uit viel.'

Even later klommen ze in de eik.

'Klim jij maar voor,' zei de olifant.

Het was een mooie dag.

'Wat klimmen we heerlijk, hè,' zei de olifant af en toe.

De krekel zweeg. Het sombere gevoel in zijn hoofd had een soort fluit te pakken gekregen en blies aan de binnenkant van zijn oren zo hard en zo vals mogelijk.

Toen ze boven kwamen zei de olifant: 'Hier is het.'

'Wat?' vroeg de krekel.

Maar de olifant begon vrolijk te trompetteren en met zijn oren te klapperen.

Het sombere gevoel in het hoofd van de krekel hield één bepaalde schrille noot zo lang mogelijk aan. De krekel hield zijn handen voor zijn oren, ook al wist hij dat dat niet hielp.

De olifant hield op met trompetteren, schraapte zijn keel en zei: 'Ik weet dat ik nooit op één been moet gaan staan. En zeker niet in de top van de eik. En ik weet nog zekerder dat ik nooit een pirouette moet maken.'

Hij ging op één been staan en begon aan een pirouette. 'Maar ja...' zei hij en haalde zijn schouders op.

Toen viel hij.

'Ho!' riep hij en hij sloeg zijn slurf om de neus van de krekel heen om zich vast te houden.

Samen vielen ze naar beneden. Dikke takken braken en zwiepten tegen hen aan.

Toen ze even later hun ogen opensloegen had de olifant een dikke buil op zijn achterhoofd. 'Maar ik ben niet somber,' kreunde hij zacht.

De vleugels van de krekel waren gekneusd en zijn neus was gebroken. Op zijn rug zaten twee bulten en zijn poten deden het niet meer. 'Ik wel,' zei hij. Want het sombere gevoel had nu een trommel en trommelde zo hard en triomfantelijk mogelijk midden in het hoofd van de krekel.

De olifant keek hem aan en zei met een schorre stem: 'Dan weet ik het niet.' Hij ging voorzichtig met zijn slurf over zijn achterhoofd. 'Au au,' mompelde hij.

De krekel probeerde op te staan en te vluchten voor het getrommel in zijn hoofd. Maar dat was onmogelijk. 'Misschien moet je aan de lamp van de eekhoorn gaan slingeren,' zei de olifant. 'Daar word ik ook nooit somber van.'

De krekel probeerde opnieuw op te staan. Het getrommel was oorverdovend geworden.

De olifant stond op, sloeg het stof van zich af en strompelde weg.

De krekel bleef op zijn rug liggen, terwijl het sombere gevoel al trommelend ook nog op een soort bazuin blies, luid, schel en aanhoudend. Misschien zijn ze met zijn tweeën, dacht hij.

32

De krekel klopte op de deur van de eekhoorn. Het was aan het begin van de avond.

'Ja,' zei de eekhoorn.

'Ik ben het,' zei de krekel. 'De sombere krekel.'

'Kom binnen,' zei de eekhoorn. Hij deed zijn deur open.

De krekel stapte naar binnen.

'Wat gezellig, krekel,' zei de eekhoorn. 'Wil je thee? Of iets anders?'

In het hoofd van de krekel blies het sombere gevoel op een soort blikken hoorn, die de krekel nooit eerder had gehoord. Het geluid was hard en lelijk.

'Ik ben niet gezellig,' zei de krekel. 'Ik ben somber.'

'Ga zitten,' zei de eekhoorn.

'Ik wil je vragen,' zei de krekel, 'of ik aan je lamp mag slingeren.'

'Natuurlijk,' zei de eekhoorn.

'Misschien ben ik dan niet meer somber.'

'Nee,' zei de eekhoorn.

Ze dronken thee.

'Hoor je dat?' vroeg de krekel. In zijn hoofd zong het sombere gevoel alsof het een koor was dat een neerslachtig lied instudeerde. De eekhoorn legde zijn oor tegen het hoofd van de krekel, maar hij hoorde niets.

Toen ze de thee op hadden zei de krekel: 'Zal ik dan maar gaan slingeren?'

'Dat is goed,' zei de eekhoorn.

De krekel klom op de tafel en greep de lamp. Hij begon

te slingeren. De eekhoorn ging op de rand van zijn bed zitten.

Een tijdlang slingerde de krekel zwijgend. Het sombere gevoel in zijn hoofd slingerde zwijgend mee.

'Als je over de tafel komt moet je roepen: "Hallo, eekhoorn!"' zei de eekhoorn.

Telkens als hij over de tafel kwam zei de krekel: 'Hallo, eekhoorn.'

'Je moet hoger slingeren,' zei de eekhoorn.

De krekel slingerde hoger.

'Nog hoger,' zei de eekhoorn, terwijl hij even, bijna onmerkbaar, zuchtte.

Toen viel de krekel met lamp en al op de tafel. De tafel brak en alles aan de krekel wat nog geen pijn deed deed nu pijn.

Het sombere gevoel in zijn hoofd leek echter te juichen of iets fijn te stampen – de krekel kon niet uitmaken wat het deed.

'Het spijt me,' mompelde hij. 'Het spijt me, eekhoorn.'

'Ben je nog somber?' vroeg de eekhoorn.

De krekel knikte.

Tussen de resten van de tafel en de lamp dronken ze nog een kopje thee.

'Het spijt me,' zei de krekel na elk slokje.

'Het geeft niet,' zei de eekhoorn elke keer en toen het kopje van de krekel leeg was schonk hij het weer vol.

Midden in de nacht kroop de krekel naar huis. Het sombere gevoel in zijn hoofd was stil. Maar het was er wel. Het verzamelt nieuwe krachten, dacht de krekel. Hij beefde bij de gedachte aan wat het sombere gevoel met nieuwe krachten zou kunnen doen.

33

Op een middag kreeg de krekel een brief.

> Geachte krekel,
> Binnenkort ben ik jarig.
> Ik heb veel van u gehoord.
> Bijna iedereen schudt zijn hoofd over u.
> Maar ik niet.
> Zoudt u zo vriendelijk willen zijn
> om mijn verjaardag te komen opsomberen?
> Zo noem ik het maar.
> Ik heb zó genoeg van vrolijke verjaardagen...
> Als cadeau zoudt u mij een spiegel kunnen geven
> waarin ik er altijd somber uitzie, ook als ik lach
> of per ongeluk innig tevreden ben.
> Ik zal zorgen voor een naargeestige taart.
> Verder vraag ik niemand, want anders maakt
> iemand misschien nog plezier!
> Op u kan ik rekenen.
> U stelt mij vast niet teleur. Of moet ik juist zeggen:
> ik hoop dat u mij zult teleurstellen?
> De veenmol

Diezelfde middag schreef de krekel een brief terug.

> Geachte veenmol,
> Ik kan niet meer.
> De krekel

34

De olifant lag in het gras onder de eik. Hij voelde aan een bult op zijn achterhoofd en kreunde af en toe zachtjes.

Niet lang tevoren was hij ondersteboven uit de top van de eik naar beneden gevallen. Overal om hem heen lagen bladeren en gebroken twijgen en takken.

Hij hoorde een soort geruis, maar hij kon niet uitmaken of er in zijn hoofd iets ruiste, of erbuiten. Voorzichtig deed hij zijn ogen open.

Voor hem stond een grote, zware gestalte met lange, langs zijn wangen druipende haren en enorme tanden, die hem aandachtig bekeek.

'Dag olifant,' zei de gestalte.

'Wie bent u?' vroeg de olifant.

'Vallen,' zei de gestalte. 'Ik ben vallen.'

'Dag vallen,' zuchtte de olifant. Hij was nog te versuft om verbaasd te zijn. 'Wat doet u hier? Ik ben al gevallen.'

'Ik wacht tot je weer naar boven klimt,' zei vallen.

'Dan zult u lang moeten wachten,' zei de olifant.

'Ach, wat is lang...' zei vallen en hij haalde zijn reusachtige schouders op.

'Lang is heel lang,' zei de olifant. Hij voelde weer even aan zijn achterhoofd. 'Lang is altijd. Dat weet ik zeker!'

Vallen haalde een klein boekje tevoorschijn en bladerde erin, terwijl hij prevelde: 'Altijd, altijd...' Hij schraapte zijn keel en zei: 'Hier staat het: "Altijd: een tijdlang, eeuwig. Ook wel: niet langer dan één of enkele ogenblikken."'

De olifant kneep zijn ogen dicht. Nu begrijp ik het,

dacht hij en hij knikte ernstig.

Toen hij zijn ogen weer opendeed was vallen verdwenen.

De olifant keek om zich heen en probeerde te gaan zitten. Waarom valt er nooit iemand anders? dacht hij. Waarom altijd ik?

Het was stil. Maar toch meende hij een stem te horen die zei: 'Omdat je zo mooi valt... Niemand valt zo mooi als jij...'

Ja ja, dacht de olifant. Hij hees zich overeind en zette zijn voet op de onderste tak van de eik. Tegelijkertijd slaakte hij een diepe zucht. Eén of enkele ogenblikken, dacht hij. Dat is niet lang.

Hij hoorde gekraak en gesuis, maar hij kon nog steeds niet uitmaken of dat in zijn hoofd klonk of ergens ver weg.

Nou ja, dacht hij en klom omhoog.

Terwijl hij klom keek hij af en toe even om zich heen. De zon stond hoog aan de hemel en in de verte glinsterden de golven van de rivier. Boven hem ruisten en ritselden de bladeren van de eik.

De olifant knikte en klom steeds sneller.

Toen hij bijna bij de top was hoorde hij een nieuwe stem. 'Dag olifant,' zei de stem.

De olifant zag een kleine, sierlijke gestalte.

'Wie bent u?' vroeg hij.

'Klimmen,' zei de gestalte. 'Ik ben klimmen. Jouw klimmen.'

Even plotseling als hij was gekomen was de gestalte weer verdwenen.

Mijn klimmen, dacht de olifant, dat was dus mijn klimmen... Hij voelde zijn gezicht gloeien van geluk en vrolijkheid.

Met één stap bereikte hij de top van de eik en opeens wist hij wie vallen en klimmen waren. Klimmen is van mij, dacht hij, en vallen is van later zorg. En hij riep dat laatste luid om zich heen: 'Vallen is van later zorg!'

De eekhoorn liep toevallig langs de eik en keek naar boven. Hij zag de olifant. 'Riep je iets?' vroeg hij.

'Vallen is van later zorg!' riep de olifant opnieuw. Hij ging op één been staan en terwijl zijn ogen glinsterden en hij zich gelukkiger voelde dan ooit probeerde hij een pirouette te maken.

35

De dieren besloten midden in het bos een feest te geven. Tegen de somberheid, zeiden ze. Voor de krekel.

Iedereen kwam en bracht een cadeau voor de krekel mee, alsof hij jarig was. Ze gaven hem vrolijke mutsen, dikke winterjassen, feestelijke dingen die nergens voor dienden en nog veel meer.

De krekel zat in het midden achter een grote tafel. In zijn hoofd zat het sombere gevoel op een ijzeren troon en schreeuwde bevelen die onverstaanbaar waren.

'Dank je wel, nijlpaard,' mompelde de krekel. 'Dank je wel, vlinder. Dank je wel, zwaan.'

Hij legde de cadeaus achter zich op de grond en leunde op de tafel.

De beer had een taart meegebracht.

'Het is een honingtaart, krekel. De lekkerste taart die ik kon bedenken,' zei hij. 'Maar of jij hem lekker vindt weet ik natuurlijk niet. Ik in elk geval wel.'

Hij zette de taart voor de krekel neer. De krekel knikte.

'Of zal ik hem voor alle zekerheid zelf maar opeten?' vroeg de beer. 'Dan eet er in elk geval één iemand wat hij lekker vindt.' Hij tilde de taart weer op en stopte hem in zijn mond.

De dieren waren heel vrolijk. Dat hadden ze afgesproken. Ze zongen liederen over de zomer en over de maan en over het kabbelen van de rivier, en iedereen danste met iedereen: de mier met de eekhoorn, de pad met de olifant, de giraffe met de reiger.

Het was een warme avond in de zomer. Sterren flonkerden aan de hemel en de rivier glinsterde.

Af en toe ging er een gejuich op, zomaar, zonder reden.

De gloeiworm gloeide op een tak van de wilg en het vuurvliegje danste met de vlinder onder de rozenstruik.

Wat een feest, dacht iedereen.

Later op de avond werd het nog vrolijker. De neushoorn wierp het nijlpaard omhoog, de schildpad vergat zichzelf en holde in het rond, en de slak giechelde, ging op zijn steeltjes staan en probeerde zo te lopen. De walrus zei dat hij nog nooit zo uitbundig was geweest. 'Want dat ben ik toch?' vroeg hij aan iedereen en iedereen zei: 'Ja, je bent heel uitbundig, walrus.' De mol en de aardworm trokken zich niets van het maanlicht aan en dansten in de openlucht en de olifant klom in de nek van de giraffe, viel met een klap op de grond en riep: 'Dat telt niet!'

Er lachten dieren die niet wisten dat zij konden lachen en zelfs de snoek en de karper zongen en sloegen elkaar met hun vinnen op de rug.

Alleen de krekel zat stil op zijn stoel aan de tafel. Af en toe rolde er een traan langs zijn wang. Maar niemand keek naar hem.

Hij trommelde langzaam op het tafelblad en keek naar zijn vingers. Sombere vingers, dacht hij.

Hij liet zich van zijn stoel af glijden en bleef onder de tafel liggen.

Toen kon niemand hem meer zien.

36

Achter zijn huis groef de krekel een gat in de grond, waar hij in ging zitten. Hij paste er precies in. Alleen zijn achterhoofd kwam nog boven de grond uit.

Hij zette zijn zwarte muts op en trok hem over zijn hoofd.

De hele dag bleef hij zo zitten.

Af en toe hoorde hij dieren voorbijlopen, die over hem spraken.

'Hier woont de krekel.'

'O ja?'

'Ja. Die is heel somber. Dat weet je toch wel?'

'Ja, dat weet ik. Dat weet iedereen.'

'Ja.'

'Hoe zou dat eigenlijk voelen?'

'Je bedoelt somber?'

'Ja.'

'Dat zal ik je eens precies uitleggen. Kijk...'

Maar dan stierven hun stemmen alweer weg.

Hij hoorde hoe de wind een brief onder zijn deur door naar binnen blies en uren later fluitend en gierend weer wegsleurde.

In het begin van de middag kwam er iemand langs die bleef staan en hem riep: 'Krekel!'

De krekel hoorde hem heen en weer lopen en op zijn tenen naar binnen kijken. En even later hoorde hij hem weer doorlopen en mompelen: 'Hij is er niet.'

Nee, dacht de krekel. Ik ben er niet.

Hij zat heel krap en kon alleen maar ademhalen en denken.

Pas toen het helemaal donker was kroop hij uit het gat en ging zijn huis weer in. Langdurig tuurde hij in een pot met zoete boterbloemen. Maar hij at niets.

Vervolgens ging hij op zijn bed liggen.

Wat een dag... dacht hij.

Midden in de nacht kwam er nog een klein briefje van de nachtvlinder, die hem alleen even wilde groeten, en tegen de ochtend fluisterde de gloeiworm door een kier in de muur: 'Kan je me zien, krekel?'

De krekel draaide zijn hoofd opzij en zag een klein straaltje licht door de kier in zijn muur.

'Ja,' zei hij,

'Heel goed,' zei de gloeiworm.

Heel goed... dacht de krekel. Wat betekent dat ook alweer? Niets, dacht hij. Dat betekent niets. Net als alles.

37

Toen de krekel wakker werd scheen de zon en was de hele hemel blauw.

Hij probeerde op te staan, maar het sombere gevoel in zijn hoofd trok hem naar beneden. Hij overwoog om weer in het gat achter zijn huis te gaan zitten, maar hij bleef op zijn rug liggen en moest aan modder en sneeuwstormen denken.

Na een tijd hoorde hij geritsel. De wind blies iets onder zijn deur door. Het was een kleine rode brief.

Lang bleef de krekel nog liggen. Het sombere gevoel in zijn hoofd gromde: 'Je kunt niet meer.'

Ik kan niet meer, dacht de krekel.

'En je zult ook nooit meer kunnen,' gromde het sombere gevoel.

En ik zal ook nooit meer kunnen, dacht de krekel.

Maar ten slotte stond hij op en pakte de brief.

Hij las:

Beste krekel,
Ik heb gehoord dat je somber bent.
Ik weet wat je moet doen:
je moet beter worden.
(Wie ik ben is niet belangrijk)

De krekel las de brief opnieuw. Wie ik ben is niet belangrijk... dacht hij. Wie zou dat zijn? Hij probeerde te bedenken welke dieren niet belangrijk waren. De mug? De nachtvlinder? De vlo? De spiering? Het loodsmannetje?

Niemand is belangrijk, dacht hij. Maar hij wist dat niet zeker. Misschien is iedereen een beetje belangrijk.

Het sombere gevoel dreunde in zijn hoofd.

Ik ben in elk geval onbelangrijk, dacht de krekel. Ik ben echt onbelangrijk. Ik ben het onbelangrijkst van iedereen.

Maar hij had die brief niet geschreven.

Hij las hem opnieuw. Je moet beter worden... las hij. Wat zou dat betekenen? Hij wist dat niet. Beter worden, beter worden... dacht hij. Hij kon zich vaag herinneren dat hij had geweten wat dat betekende. Maar nu wist hij dat niet meer.

Het sombere gevoel ratelde en knarste in zijn hoofd. De krekel dacht: dat gevoel is wél belangrijk...

Hij las de brief nog een paar keer en dacht: ik moet dus beter worden... Het staat er echt.

Misschien is het geheimtaal, dacht hij. Maar als dat zo was zou misschien niemand weten wat beter worden betekende.

Hij pakte een stuk papier en schreef daar met grote letters op:

IK MOET BETER WORDEN

Hij hing het stuk papier aan de muur.

Als ik er lang naar kijk kom ik er misschien achter, dacht hij. In elk geval is het iets wat moet.

Tot zijn verbazing maakte hij een danspas. Het was maar een kleine danspas. Maar het was een danspas.

Het sombere gevoel leek woedend heen en weer te hollen tussen zijn voorhoofd en zijn achterhoofd.

'Sst,' zei de krekel.

Hij las de woorden op het papier aan zijn muur opnieuw en opnieuw – tot de zon achter een zwarte wolk verdween en het hard begon te regenen.

38

De krekel lag in bed. Het was midden in de nacht. Het stormde en zijn huis kraakte.

De krekel keek naar het plafond en hoorde overal in zijn kamer stemmen.

'Ik weet hoe je beter moet worden,' riepen ze. 'Je moet kwaken. Je moet gorgelen. Je moet krimpen. Je moet verbleken. Je moet aanzwellen. Je moet raden. Je moet wegcijferen. Je moet vermoedens koesteren...'

'Dat kan ik niet!' riep de krekel.

'Dat moet!' riepen de stemmen. Ze riepen steeds harder.

Het raam werd opengesmeten en reusachtige taarten vlogen naar binnen.

'Verorberen!' riepen ze. 'Verslinden!'

Er vlogen ook vleugels naar binnen, en vinnen, die de krekel moest aandoen en waarmee hij moest wegvliegen en wegzwemmen.

'Dat kan ik niet!' riep hij. 'Dat kan ik niet!'

'Dat moet! Dat moet!'

Toen hoorde hij een donderende stem in zijn hoofd. Het was de stem van het sombere gevoel. 'Ho,' zei het.

De andere stemmen zwegen en zijn raam sloeg weer dicht.

Alleen één kleine stem piepte nog, heel zachtjes: 'Je moet je vergissen.'

Toen was het stil.

De krekel keek naar het plafond en het plafond keek terug en zei: 'Ja, krekel, ja...'

In zijn hoofd rolde het sombere gevoel zich op. Het valt in slaap, dacht de krekel. Het kan zelf niet meer.

Heel even en heel voorzichtig, om het niet wakker te maken, was de krekel vrolijk.

Toen viel ook hij in slaap.

39

'Val jij wel eens uit een boom?' vroeg de olifant aan de eekhoorn.

Ze zaten in het huis van de eekhoorn. Ze dronken thee. Het was aan het begin van de avond.

'Nee,' zei de eekhoorn.

'Maar je klimt wel,' zei de olifant. 'Hoe kan dat?'

'Ik weet het niet,' zei de eekhoorn. Hij wist dat echt niet.

De olifant keek ernstig in zijn thee en vroeg of hij even aan de lamp mocht slingeren. Dat mocht.

Laat in de avond verliet hij de resten van het huis van de eekhoorn en viel met enorm geraas uit de top van de beuk naar beneden.

De volgende dag had hij een plan. Hij verkleedde zich als de eekhoorn en ging naar de eik.

'Dag eekhoorn,' zei de kever, die hem passeerde.

'Dag kever,' zei de olifant. De kever bleef even staan en vroeg zich af of de eekhoorn altijd al een slurf had gehad. Maar de olifant liep door en dacht: ik ben dus echt de eekhoorn...

Hij floot een liedje, dacht dat het wel een liedje was dat de eekhoorn zou fluiten en stapte op de onderste tak van de eik.

Zo zo, dacht hij en hij zei: 'Ik ben het, eik, de eekhoorn... ik ga even naar boven...'

De eik ruiste en zwaaide met zijn takken heen en weer.

De olifant klom naar de top en toen hij daar was keek

hij over het hele bos heen. Hij zag de woestijn, de oceaan en in de verte de bergen.

'Ik ben de eekhoorn!' riep hij. 'De eekhoorn!'

Toen viel hij en stortte dwars door de takken heen naar beneden.

'Ho!' riep hij. 'Ik ben de eekhoorn! Ik val nooit!'

Met een zware klap viel hij op de grond en bleef versuft liggen.

De eekhoorn had hem zien vallen en kwam aangehold.

Toen de olifant zijn ogen opendeed zag hij de eekhoorn staan. 'Ik riep nog,' kreunde hij.

'Wat riep je?' vroeg de eekhoorn.

'Ik ben de eekhoorn,' fluisterde de olifant.

De eekhoorn zei niets.

'Wat had ik dan moeten roepen?' vroeg de olifant. Er stonden tranen in zijn ogen.

De eekhoorn hielp hem voorzichtig overeind, wreef over een paar builen, boog de slurf recht en zorgde ervoor dat de olifant er weer uitzag als de olifant.

'Vallen trekt zich nergens wat van aan,' zei de olifant, toen ze even later, stapje voor stapje, door het bos liepen.

'Weet je wat vallen is?' vroeg de olifant, terwijl hij bleef staan.

'Nee,' zei de eekhoorn.

'Onverbiddelijk,' zei de olifant.

Zwijgend liepen ze toen weer verder.

40

In een hoek van het bos gaf de mus les.

Hij had het druk. Hij rende van de ene leerling naar de andere.

De olifant kreeg les in nooit meer vallen en moest in een kleine boom klimmen.

'Ik leer het nooit!' riep hij elke keer als hij viel.

'Niet wanhopen, olifant,' tsjilpte de mus opgewekt. 'Je kan het bijna.'

De krekel kreeg les in beter worden.

De mus had op een groot bord geschreven:

BETER WORDEN IS BETER ZIJN

De krekel schreef die woorden over.

'Heel goed,' zei de mus. 'Nu ben je al op de helft.'

Het sombere gevoel knerpte in het hoofd van de krekel.

'Nu moet je honderd keer zeggen: "Ik ben beter",' zei de mus.

De krekel begon. Maar na vijf keer was hij de tel kwijt.

'Dat geeft niet,' zei de mus. 'Begin maar opnieuw.'

De krekel begon opnieuw.

'Wat een leven!' tsjilpte de mus, terwijl hij weer naar de olifant vloog, die juist naar beneden viel en met zijn hoofd naar voren de grond in schoot.

Toen de zon onderging kon de olifant niet meer opstaan. Tientallen builen zaten verspreid over zijn hele lijf.

'Je bent er bijna, olifant,' tsjilpte de mus. 'En jij ook, krekel. Jij bent bijna beter.'

De olifant kreunde en de mus zei dat hij nog nooit zo'n goede leerling had gehad.

De krekel zei: 'Ik ben beter. Ik ben beter. Ik ben beter.' Pas na tien keer raakte hij de tel kwijt en begon opnieuw.

'Morgen gaan we verder,' tsjilpte de mus. 'Dan neem ik taart mee en zal ik voordoen hoe ik niet val en hoe ik zonder de minste moeite beter word.' Hij trippelde nog even vrolijk in het rond en vloog toen weg.

De olifant en de krekel zeiden niets.

In het donker sjokte de krekel naar huis. Ik ben dus bijna beter, dacht hij somber. Het sombere gevoel leek iets doormidden te slaan wat eigenlijk onbreekbaar was.

De olifant bleef liggen en hield zijn ogen dicht. Ik ga niet naar huis, dacht hij. Ik begin morgen meteen opnieuw.

Maar toen hij de volgende ochtend wakker werd hoorde hij in de verte de eik ruisen en zag hij van verdere lessen af.

41

De krekel was op bezoek bij de mier. Het was een gure dag.
'Ik moet beter worden, mier,' zei de krekel.
'Ja,' zei de mier.
'Maar ik word niet beter.'
'Nee,' zei de mier.
'Ik ben zo somber...'
De mier zei niets en de krekel liet zijn hoofd op zijn borst zakken.
Lange tijd was het stil.
'Als ik niet beter word,' vroeg de krekel na een tijd, 'wat dan?'
'Dan word je wat anders,' zei de mier.
'Wat dan?' vroeg de krekel.
'Ik weet niet hoe dat heet,' zei de mier. Zijn stem was schor en hij keek heel ernstig.
'Ontplof je dan?' vroeg de krekel. Het sombere gevoel beukte met zware voorwerpen die op boomstammen leken tegen de binnenkant van zijn voorhoofd.
'Nee, dan ontplof je niet,' zei de mier.
'Ga je dan dansen?' vroeg de krekel. 'Somber dansen?' Ik zeg maar wat, dacht hij.
'Nee, je gaat niet dansen,' zei de mier.
De krekel wist niets meer te bedenken.
Ze dronken een klein kopje thee, want de mier had bijna niets in huis.
Ze spraken over pijnlijke vergissingen, striemende regen en verdriet. De mier legde uit wat verdriet was. De krekel knikte.

'Dat is wat ik heb,' zei hij.

Het was laat geworden, maar de krekel kon niet opstaan.

'Dat gaat niet meer,' zei hij.

Het sombere gevoel was groot en zwaar en liet zich niet optillen.

'Scheur je soms doormidden als je niet beter wordt?' vroeg de krekel. 'Of verdor je?'

'Je kunt het toch niet raden,' zei de mier.

Hij vertelde dat het iets was waar hij zelf ook niet achter kon komen.

'Ik ben overal achter gekomen, krekel,' zei hij. 'Maar daarachter niet.'

'Is het vallen?' vroeg de krekel.

'Je moet niet raden,' zei de mier.

Daarna zwegen ze en vielen met hun hoofd op hun armen op de tafel van de mier in slaap.

42

De volgende dag ging de krekel naar de boktor.
 Ik moet beter worden, dacht hij.
 Voor het huis van de boktor zag hij een bord, waarop stond:

NIET STOREN.
 IK BEN ER NIET.
  DE BOKTOR

De krekel aarzelde, maar hij klopte toch aan.
 'Boktor,' zei hij.
 Er kwam een gegrom uit het huis.
 'Je stoort,' zei de boktor.
 'Ik ben somber,' zei de krekel, 'zo somber...' Hij stapte naar binnen.
 'Wel ja,' zei de boktor. 'Je moet zeker beter worden.'
 Hij kwam uit het donker tevoorschijn, greep de krekel bij een voelspriet beet en slingerde hem drie keer boven zijn hoofd in het rond.
 'Somber, hè?' zei hij.
 'Ja,' piepte de krekel.
 Toen liet de boktor hem los. De krekel smakte tegen de muur en zakte verkreukeld naar de grond.
 'Beter,' zei de boktor.
 Hij greep de krekel bij zijn neus en smeet hem naar buiten. De deur sloeg hij met een klap dicht.
 De krekel lag buiten op de stoep. 'Ik ben beter,' kreunde hij. Hij kroop overeind en probeerde een sprong te

maken. Dat lukte niet. Maar hij was wel vrolijk. Het sombere gevoel in zijn hoofd was weg.

'Beter!' riep hij. 'Ik ben beter!'

Toen kwam het sombere gevoel weer aanstormen, wrong zich naar binnen en vulde het hoofd van de krekel weer met gestamp en gegrom.

Ik had niet moeten roepen, dacht de krekel. Ik had me meteen moeten verstoppen. Dan had het me nooit meer kunnen vinden.

Hij ging op de grond zitten. Nu ben ik ook nog teleurgesteld, dacht hij. Somber in mijn hoofd, teleurgesteld in de rest.

Hij viel op zijn zij.

Ik kan niet meer, dacht hij.

Maar hij stond weer op. Ik moet beter worden, dacht hij. Dat moet!

Hij keek weer naar het bord van de boktor. Hij is dus niet thuis, dacht hij.

Hij durfde niet nog eens aan te kloppen en draaide zich om en liep het bos in.

Hoe word ik beter? dacht hij.

In zijn hoofd schraapte het sombere gevoel zijn keel en zei krakend en schamper: 'Dát is de vraag...'

Niet huilen, dacht de krekel. Niet huilen nu. Fier zijn.

43

Diezelfde ochtend ging de olifant ook naar de boktor. Er moet iets gebeuren, dacht hij. Hij had nu zelfs al bulten op zijn tenen, op zijn oren, op zijn slurf en op zijn buik. Er was geen plek op zijn lichaam of hij was er een keer op gevallen.

Hoofdschuddend en met een grimmige blik in zijn ogen liep hij het bord voor het huis van de boktor omver.

De boktor zat voor zijn raam en zag de olifant aankomen. Wel ja, dacht hij.

'Ik wil niet meer vallen, boktor,' zei de olifant, toen hij in de kamer stond. 'Ik wil nooit meer vallen.'

De boktor keek langs hem naar de verte waar een klein wit wolkje boven de toppen van de bomen hing.

'Ik wil iets anders,' zei de olifant. 'Maar wat? Als ik klim val ik altijd.'

De boktor geeuwde.

'Weet jij iets?' vroeg de olifant.

'Zwemmen,' zei de boktor. Hij rekte zich uit en ging op zijn bed liggen. Hij deed zijn ogen dicht.

De olifant stond nog bij de deur. Zwemmen? dacht hij.

'Bedoel je in plaats van klimmen?' vroeg hij. Maar de boktor antwoordde niet, draaide zich op zijn zij en begon luidkeels te snurken.

De olifant ging weer naar buiten en bleef peinzend voor de deur van de boktor staan. Toen knikte hij, holde in volle vaart naar de rivier en sprong in het water.

Ik wil dus zwemmen, dacht hij.

Vastberaden zwom hij stroomafwaarts. Telkens wilde hij op de kant klimmen, maar dan schudde hij zijn natte hoofd en dacht: nee, ik wil zwemmen, ik wil alleen maar zwemmen. En het is waar, dacht hij, ik val niet meer.

Toen het al donker was zwom hij de zee op.

De volgende ochtend zwom hij nog steeds. Hij was heel moe en kon zijn hoofd bijna niet meer boven water houden. Maar ik klim niet, dacht hij, en ik val dus ook niet.

Tegen de middag kwam hij de walvis tegen. 'Hallo olifant,' zei de walvis.

'Dag walvis,' hijgde de olifant.

'Wat doe jij hier?' vroeg de walvis.

'Ik wil zwemmen,' zei de olifant.

'O,' zei de walvis.

'Ik wil niet meer klimmen,' zei de olifant. 'Klim jij wel eens?'

'Nee,' zei de walvis.

'En val jij wel eens?'

'Vallen...' zei de walvis. Hij dacht lang na. Hij wist niet goed wat vallen was. 'Nee,' zei hij.

'Zie je wel,' zei de olifant.

De walvis nam hem met zich mee en ze dronken zilte thee met wier, ver weg, in een afgelegen baai. Er waren daar nergens bomen. Gelukkig, dacht de olifant. Hij vertelde de walvis alles over klimmen en vallen.

'Ach...' zei de walvis telkens. 'Wat is dat bijzonder!'

'Ja, heel bijzonder!' riep de olifant. Er kwamen tranen in zijn ogen toen hij over de eik vertelde, en over de linde en de plataan.

'Op de top van een boom kan je staan,' zei hij.

'O ja?' zei de walvis.

'Ja,' zei de olifant. 'Zelfs op één been. Op één been, walvis...!' Toen zweeg hij, nam nog één slok thee en zei: 'Kom, ik zwem weer eens verder.'

De walvis wuifde hem na.

De olifant zwom langzaam verder naar het midden van de oceaan. Zwemmen doet nooit pijn, dacht hij verdrietig.

44

Toen de dieren bij elkaar zaten en spraken over de krekel en zijn sombere gevoel en hoe hij beter moest worden stapte de slak naar voren.

'Ik weet hoe dat moet,' zei hij. 'Ik ben beter.'

Hij ging op zijn hoofd staan.

'Ik ben ontzettend beter!' riep hij.

De dieren zeiden niets en keken hem met grote ogen aan.

De slak viel op zijn zij, stond op en sloeg zijn huis aan stukken.

'Niet doen!' riepen de dieren.

'Wel doen,' zei de slak. 'Wat heb ik aan een huis? Ik ga buiten wonen. Ik ben toch beter?'

Hij holde een eindje weg en botste tegen de beuk. Het was een harde dreun.

'Zag je hoe de beuk tegen mij aan botste?' riep hij. 'Dom, dom...'

Hij lachte, viel achterover in een modderplas en stond weer op. Hij dacht even na, keek omhoog, liet een enorme grijns op zijn gezicht verschijnen en klom in de beuk.

'Niet doen!' riepen de dieren opnieuw.

Maar de slak was al bij de top, ging daar op zijn steeltjes staan en viel naar beneden.

Vlak voordat hij de grond bereikte vouwde hij twee zwarte vleugels uit en vloog langzaam klapwiekend weg.

'Zie je wel,' kraste hij.

De dieren keken hem met grote verbazing na. 'Is dat nu een wonder?' vroegen degenen die nog nooit een wonder hadden gezien.

'Nee,' zei de mier. Maar hij zei niet wat het wel was.

Toen de slak uit het gezicht was verdwenen legde de mier uit dat er veel soorten 'beter' waren, net zoals er veel soorten taart waren. De beer knikte.

'Sommige soorten zijn muf of wrang,' zei de mier. 'Echt "beter" is zoet. Net als honing.'

In de verte hoorden ze de slak brullen.

Plotseling werd het donker.

'Ik verduister de zon!' brulde de slak.

De dieren rilden en kropen dicht tegen elkaar aan. De beer leunde op het schild van de schildpad. 'Moddertaarten,' mompelde hij, in gedachten verzonken, 'daar vind ik niets aan.'

'Wat zeg je?' zei de schildpad, die onder zijn schild zat en zich schaamde voor de slak en zijn eigenaardige haast.

'En galtaarten met slijk,' mompelde de beer.

Ver weg klonk er een luide plons.

Kort daarna hoorden ze de slak roepen: 'Zwemmen, rivier, anders verdrink je!'

Toen was het stil.

De egel schraapte zijn keel en zei: 'Wat betreft de krekel...'

45

De dieren vergaderden de hele avond. Toen iedereen het woord had gevoerd gingen ze naar het huis van de krekel. Een lange stoet slingerde zich door het bos.

De krekel lag in bed en staarde naar zijn plafond. Het sombere gevoel in zijn hoofd schold hem uit: 'Stommeling! Onbelangrijke stommeling! Schaam je!'

De krekel wist niet waarvoor hij zich moest schamen. Waarschijnlijk voor alles, dacht hij.

De dieren stapten zijn kamer in.

'We komen allemaal wat voor je doen, krekel, het geeft niet wat,' zeiden de voorsten. 'Dat hebben we besloten.' Ze gaven hem een hand en klopten op zijn rug.

De dieren daarachter wrongen hun handen tussen de voorsten door om de krekel ook een hand te geven en ook op zijn rug te kloppen.

Toen de kamer helemaal vol was zongen ze hem toe, bliezen stofjes van zijn schouders en poetsten zijn voelsprieten.

Zij die geheimen kenden fluisterden die geheimen in zijn oor en zij die raadsels kenden verklapten de antwoorden.

Sommige dieren bakten taarten, goten zoete honing in de keel van de krekel en zeiden dat hij er heel goed uitzag. Andere dieren klommen op zijn tafel en hielden toespraken waarin ze hem 'waardevol' en 'zeer bijzonder' noemden. Of ze riepen in zijn oor dat hij zich nergens iets van aan moest trekken.

Het huis van de krekel was stampvol en buiten stonden ook nog honderden dieren die allemaal wat voor de krekel wilden doen.

'Nu wij, nu wij!' riepen ze.

'Straks!' riepen de dieren die binnen waren en nog iets voor de krekel deden.

De muren van het huis kraakten en vielen om, terwijl het dak boven op het gewei van het hert bleef liggen. De krekel merkte daar niets van, want de buffel hield hem juist stevig vast en sloeg hem bemoedigend op zijn rug.

'Au,' zei de krekel.

'Ja,' zei de buffel, 'zachtaardig bemoedigen is niets.'

Tegenover het huis van de krekel klom de olifant in de plataan en viel uit de top naar beneden. 'Als eerbewijs voor jou, krekel!' riep hij. Hij hoopte dat de krekel hem hoorde. Toen kwam hij met een klap op de grond terecht.

Nog steeds verschenen er nieuwe dieren. De walrus klom uit de rivier en vroeg: 'Waar is hij? Hoe ziet hij eruit?' Hij wilde zeggen dat hij de krekel heel graag mocht. En de pauw riep dat de krekel even naar hem moest kijken.

Zo nu en dan kwam er een taart aanvliegen, die speciaal voor de krekel in de woestijn was gebakken, of aan de andere kant van de oceaan.

Er schoven wolken voor de zon en het begon te regenen. Maar niemand wilde schuilen. 'Schuilen kan altijd nog,' zei de neushoorn. 'Beter worden niet.'

Pas uren later had iedereen wat voor de krekel gedaan.

'Ben je nu beter?' vroeg de dieren die het dichtst bij de krekel stonden.

De krekel keek omhoog. Zijn ogen waren groot en bedroefd en hij gaf geen antwoord.

'Of anders bijna beter?' vroegen ze. Maar de krekel zei weer niets.

De dieren zagen dat hij niet beter was. Wat nu, dachten ze. Ze keken elkaar aan. Niemand wist het.

Toen gingen ze weer naar huis. In een lange en ernstige stoet liepen ze achter elkaar aan. We hebben wel ons best gedaan, dachten ze. Dat staat vast.

Het hert had het dak van de krekel nog op zijn gewei en de beer droeg een enorme wilgentaart op zijn rug. Daar houdt hij toch niet van, dacht hij.

Onderweg kwamen ze de slak tegen. 'Ik ben ontredderd,' mompelde hij. 'Ik ben zó ontredderd...' Hij zag er bleek en verwilderd uit. Hij wilde niemand spreken en kroop onder een struik tot iedereen weg was.

De krekel bleef achter, op zijn rug op de grond, in de stromende regen. Het sombere gevoel in zijn hoofd schommelde heen en weer en heen en weer.

Alleen de eekhoorn was bij hem gebleven en probeerde zijn huis weer in elkaar te zetten. De vloer gebruikte hij als dak.

Het werd donker en het regende nog steeds.

'Klaar,' zei de eekhoorn. Hij tilde de krekel op, droeg hem zijn huis in en legde hem in zijn bed.

Hij ging aan het voeteneinde zitten en wachtte tot de krekel sliep.

46

De olifant wilde in de eik klimmen. Maar op de onderste tak zat, gemakkelijk achteroverleunend en met zijn ogen dicht, het nijlpaard.

'Ga eens opzij,' zei de olifant.

Het nijlpaard deed één oog open, zag de olifant en zei: 'Nee.'

'Maar ik wil erlangs,' zei de olifant.

'Ik was hier het eerst,' zei het nijlpaard.

'Opzij!' riep de olifant.

'Nee,' zei het nijlpaard.

De olifant werd rood, stampte op de grond, keek het nijlpaard woedend aan en holde naar de beuk. Maar de kever zat op de onderste tak van de beuk en liet de olifant er niet langs. En in de linde was het de pad die hem de weg versperde.

'Ik wil klimmen!' schreeuwde de olifant.

In elke boom zat iemand op de onderste tak. Zelfs de snoek zat, naar adem snakkend, in een boom, en iets verderop ook de karper. En niemand ging opzij.

De olifant liep ten slotte naar de open plek in het bos en ging op de grond zitten. Ik moet klimmen, dacht hij. Dat moet!

Maar hij kon niet meer goed nadenken.

De zon scheen en op de top van de eik zat de lijster.

'Lijster...' kreunde de olifant.

De lijster zong een lang en vrolijk lied en maakte daar af en toe een luchtige danspas bij of stond een tijdje op één been.

Plotseling klonk er een eigenaardig geluid. Het was alsof er iets brak.

Het is iets in mij, dacht de olifant. Hij wist niet wat er in hem zat en helemaal niet wat er in hem kon breken.

Toen klom hij, midden op de dag, op de open plek in het bos, bijna recht omhoog de lucht in. Hij zag vuurrood en tot op grote afstand was de gloed te zien die hij om zich heen verspreidde.

De dieren op de onderste takken van alle bomen duwden de bladeren opzij en keken hem met grote verbazing na.

'Dat kan niet,' riepen ze.

'Dat moet,' riep de olifant, halverwege de lucht en al ver boven de toppen van de hoogste bomen.

'Maar...' riepen de dieren.

Toen viel de olifant. Vallen moet ook, dacht hij mismoedig.

Er klonk een enorme klap. Het hele bos schudde, de grond scheurde en de rivier vloog buiten zijn oevers. Nog nooit was de olifant zo hard gevallen.

De dieren klommen vlug uit hun bomen en holden naar het gat in de grond waarin de olifant lag. Hij zag er grauw uit en alles aan hem was gebroken of verkreukt.

Pas na lange tijd opende hij zijn ogen. Maar hij kon zich nog niet verroeren.

'Zullen jullie dat nooit meer doen?' fluisterde hij, toen hij de gezichten van de dieren zag.

'Nee,' zeiden de dieren. 'Dat zullen we nooit meer doen.' En ze sloegen hun ogen neer.

47

De krekel lag op zijn bed en keek naar het plafond boven zijn hoofd.

Er werd op zijn deur geklopt. De eekhoorn kwam binnen.

'Dag krekel,' zei hij.

'Ik ben nog niet beter,' zei de krekel.

'Nee,' zei de eekhoorn. Hij ging op een stoel naast het bed zitten. Hij had zijn lamp meegebracht en liet hem aan de krekel zien. Maar de krekel schudde zijn hoofd. Hij wilde niet slingeren. Hij wilde niets.

Af en toe schudde de eekhoorn het bed van de krekel op, deed het raam open en weer dicht en vroeg of de krekel iets wilde. Maar de krekel wilde niets.

'Ga je nog niet weg?' vroeg de krekel na een tijd.

'Wil je dat ik wegga?' vroeg de eekhoorn.

'Nee,' zei de krekel.

De eekhoorn ging niet weg.

Het was een kille dag. Zo nu en dan hoorden ze in de verte een harde dreun en een stem die 'au' riep. Verder was het stil in het bos.

Toen hij daar heel lang naast het bed van de krekel zat kreeg de eekhoorn het gevoel dat hij in het hoofd van de krekel kon kijken en het sombere gevoel kon zien. Het zag er groot en grijs uit.

Als ik heel voorzichtig ben, dacht de eekhoorn, kan ik het misschien pakken.

De krekel lag op zijn rug en hield zijn ogen dicht. Hij verroerde zich niet. De eekhoorn stond heel voorzichtig op, boog zich geruisloos voorover, strekte langzaam zijn rechterarm uit en legde zijn hand op het sombere gevoel.

Het was koud en glibberig. De eekhoorn huiverde.

Ik móét het pakken, dacht hij.

Hij strekte zijn andere arm ook uit en legde voorzichtig zijn andere hand ook op het sombere gevoel.

Toen greep hij het beet.

'Wat?' riep de krekel. 'Nee! Waar?' Hij schoot overeind.

Het sombere gevoel in zijn hoofd ging woest tekeer, maar de eekhoorn hield het stevig vast. Hij trok en trok. De krekel kreunde en schudde heen en weer. De eekhoorn moest zich schrap zetten en werd bijna de lucht in gesleurd. Maar hij liet niet los en trok met alle kracht die hij in zich had.

Toen scheurde het sombere gevoel. De eekhoorn vloog achteruit. Maar hij had een groot stuk van het sombere gevoel in zijn handen. Met een klap kwam hij op de grond terecht. De krekel vloog ook achteruit en sloeg met zijn rug tegen de muur naast zijn bed.

De eekhoorn stond op, liet het koude, glibberige ding in zijn handen aan de krekel zien en scheurde het in duizend stukjes, die hij even later buiten onder de grond stopte.

'Het is niet weg,' zei de krekel, toen de eekhoorn weer binnenkwam. 'Maar het is wel kleiner.' Hij keek de eekhoorn ernstig aan.

De eekhoorn hijgde nog en ging weer zitten.

Even later probeerde hij of hij de rest van het sombere gevoel kon pakken. Maar het was zo klein geworden dat het zich gemakkelijk kon verbergen in een donkere hoek in het hoofd van de krekel.

'Laat maar,' zei de krekel.

Toen het donker was ging de eekhoorn naar huis.

Onder de grond hoorde hij de mol roepen: 'Wat zijn dít?'

'Sombere snippers,' riep de eekhoorn terug. 'Laat maar liggen!'

'Aha,' zei de mol en hij haastte zich op weg naar de aardworm om hem te waarschuwen dat hij iets sombers had gevonden.

De eekhoorn groef de stukken somberheid vlug weer op en verscheurde ze net zolang tot ze stofjes waren, kleine zwarte stofjes die geen kwaad meer konden. Hij blies ze omhoog en de wind voerde ze mee naar ver weg, waar niemand was.

Morgen probeer ik iets nieuws, dacht de eekhoorn en liep weer verder. Maar hij wist nog niet wat.

48

'Denken is zó mooi, eekhoorn,' zei de olifant tegen de eekhoorn. Ze zaten onder de beuk, op een ochtend in de zomer.

De eekhoorn knikte en dacht aan de verte en gestoofde beukennoten.

'Nu denk ik bijvoorbeeld dat ik in de eik klim,' zei de olifant. 'Ik denk dat ik me net op de onderste tak heb gehesen.'

De eekhoorn zei niets.

'Maar nu denk ik dat ik al op de helft ben. Het lijkt wel vanzelf te gaan!' zei de olifant. Hij zwaaide met zijn slurf en sprong overeind. Zijn oren klapperden.

'En nu denk ik dat ik op de top van de eik aankom,' riep hij. 'De zon schijnt. Ik kijk over het hele bos heen. Hallo lijster! Hallo zwaluw! Dag eekhoorn! Ik roep je. Je bent een stipje. Weet je dat?'

'Nee,' zei de eekhoorn. Hij leunde gemakkelijk achterover en dacht verder aan gestoofde beukennoten met honing en kastanjes. Hij keek naar een wit wolkje hoog in de lucht en ging met zijn tong langs zijn lippen.

'Nu denk ik dat ik niet val en dat ik nooit meer zal vallen,' zei de olifant. 'Denken is zó makkelijk... Er is niets aan!'

'Ja,' zei de eekhoorn.

'En nu denk ik dat ik boven op de top van de eik op één been sta en om mij heen roep dat ik...' zei de olifant.

Plotseling hield hij zijn mond. De eekhoorn zag dat er dikke rimpels op zijn voorhoofd verschenen en dat hij verschrikt om zich heen keek.

Toen kneep de olifant zijn ogen dicht en kreunde zachtjes.

'Wat denk je nu?' vroeg de eekhoorn.

'Niets,' zei de olifant. Hij wreef over zijn achterhoofd.

De eekhoorn vroeg niet verder. Hij haalde een stuk zoete lindeschors tevoorschijn dat hij onder de beuk had begraven, en gaf het aan de olifant.

'Wat is er nog meer dan denken?' vroeg de olifant toen hij een hap van de lindeschors had genomen en had gezegd dat het heerlijke schors was. 'Ik bedoel: iets wat nóg mooier is?'

Maar van zoiets had de eekhoorn nog nooit gehoord.

49

Hoog aan de hemel stond de zon.

Schijn ik eigenlijk wel goed? dacht hij. Hij wist dat nooit zeker. Nu eens scheen hij wat harder, dan weer wat zachter. Maar of het goed was? De hele dag dacht hij daarover na.

's Avonds was hij altijd moe van het schijnen, maar vooral van het denken, en ging hij onder. Achter de horizon viel hij meteen in slaap. Hoe het er daar uitzag wist hij niet.

Als hij wakker werd sprong hij overeind, wist even niet waar hij was, klom vlug ergens tevoorschijn en begon weer te schijnen. Dan was het ochtend. Hij hield van de ochtend. Waarom is het niet altijd ochtend? dacht hij vaak. Hij begreep dat niet.

Soms verschenen er wolken die voor hem gingen hangen. Dan dacht hij: wat nu? en krabde met zijn stralen aan zijn gloeiende achterhoofd.

O ja, dacht hij kortere of langere tijd later. Tevoorschijn komen, ik moet tevoorschijn komen, dat is waar ook. Dan kroop hij achter de wolken vandaan.

In de diepte onder hem zag hij de wereld. Hij zag de woestijn, het bos, de rivier met zijn glinsterende golven, de steppe, de zee...

Hij zag ook kleine stipjes die stilzaten of bewogen. Soms waren ze allemaal bij elkaar en draaiden ze om elkaar heen, soms vlogen ze op of verdwenen onder water, en soms viel er opeens een ergens uit.

Wat het precies waren wist de zon niet. Stofjes? Een soort sterren?

De zon fronste zijn voorhoofd. Ik schijn niet goed, dacht hij. Ik schijn vast niet goed. Maar hoe moet ik dan wel schijnen? Aan wie kan ik dat vragen? Niet aan de maan. Die kende zelf alleen maar vragen, geen antwoorden. En zoals de maan scheen, zo bleek en ingedeukt, zo zou de zon nooit willen schijnen.

Er was niemand aan wie hij het kon vragen.

Ik moet schijnen, dat wist hij zeker. Maar dat is volgens mij ook het enige wat ik weet, dacht hij. Hij probeerde weer anders te schijnen, iets scherper, iets flauwer, iets waterachtiger.

Het is vreemd om de zon te zijn, dacht hij. Niemand weet hoe vreemd dat is.

Hij gloeide en scheen iets lichter, iets helderder. Ah, dacht hij, nu schijn ik vast precies goed. Zo moet ik blijven schijnen. Als ik dat eens kon...!

De rivier glinsterde en overal leunden stipjes achterover.

Het was zomer, hoog in de hemel stond de zon.

50

Vroeg in de ochtend schrok de krekel wakker. De zon scheen door zijn raam naar binnen. Stofjes dansten boven zijn tafel en aan zijn muren hingen de briefjes met raadgevingen en goede bedoelingen, zoals 'Na somber komt vrolijk' en 'Je tsjirpt het mooist van iedereen', die de dieren hem hadden gestuurd.

De krekel schoot rechtovereind.

Er was iets vreemds. Iets heel vreemds. Maar wat?

Hij keek om zich heen. Hij zag de vloer, het plafond, de deur, de kast, de tafel, de stoelen en het raam. Alles was zoals het altijd was.

Zijn gordijnen wapperden zachtjes in de ochtendwind.

Toen wist hij het.

Het sombere gevoel in zijn hoofd was weg. Zijn hoofd was leeg. Gedachten kwamen schuchter tevoorschijn uit kieren en gaten, en schoten onwennig door de lege ruimte heen.

Het is weg! dacht de krekel.

Hij keek opnieuw om zich heen. Zou het nog ergens zijn? Hij keek heel voorzichtig onder zijn bed, in zijn kast, onder zijn tafel en in de mouwen van zijn groene jas. Maar het sombere gevoel was weg. Het was spoorloos verdwenen.

Hij sprong op zijn tafel. 'Honger!' riep hij. 'Honger!' Hij pakte een enorme pot wilgensuiker uit zijn kast en at die in één keer leeg.

'Tsjirpen!' riep hij vervolgens. Hij ging voor zijn deur

zitten en begon te tsjirpen.

Overal in het bos spitsten de dieren hun oren.

'Wie tsjirpt daar?' vroegen ze elkaar. 'De krekel? De sombere krekel?'

De krekel tsjirpte luid, wild en urenlang.

Van heinde en ver stroomden de dieren toe om naar hem te luisteren.

Aan het eind van de ochtend kreeg hij weer honger en hield op met tsjirpen. Even dacht hij nog aan het sombere gevoel. Hij hoopte maar dat het niet in het hoofd van iemand anders was gekropen.

Hij haalde een pot distelhoning uit zijn kast, at hem in drie happen leeg en klom op zijn dak. Hij keek om zich heen en zei: 'Ik ben beter.'

'Waarom?' vroeg de tor, maar de krekel hoorde dat niet, want alle andere dieren juichten.

Toen ze uitgejuicht waren schraapte de neushoorn zijn keel en vroeg: 'Hoe ben je beter geworden?'

Iedereen keek de krekel vragend aan.

De krekel aarzelde even en boog zich voorover naar de mier, die vooraan tussen de dieren stond. 'Hoe zou ik eigenlijk beter zijn geworden?' vroeg hij zachtjes.

'Zomaar,' fluisterde de mier omhoog. 'Zeg dat maar. Dat is het makkelijkste.'

'Zomaar,' zei de krekel. 'Ik ben zomaar beter geworden.'

Hij sprong omhoog, spreidde zijn vleugels uit en vloog van zijn dak naar de grond. 'En ik zal nooit meer somber worden!' riep hij. Hij zwaaide met zijn voelsprieten en zijn ogen fonkelden.

De lucht was blauw en op de top van de eik stond de olifant, grijs en glanzend in het ochtendlicht. Hij hoorde wat de krekel riep, draaide zich een halve slag om, zag de krekel aan de voet van de linde en riep: 'En ik zal nooit meer...'

De rest van zijn woorden ging verloren in het ruisen van bladeren, het kraken van takken en de warme zonneschijn.

51

Het was winter. De dieren zaten dicht tegen elkaar aan, onder de eik, midden in het bos. Ze aten warme honing en beukennotentaart en ze droegen dikke mutsen en jassen.

Ze waren allemaal vrolijk en tevreden. Als ze het koud kregen sloegen ze elkaar op de rug of bliezen op elkaars handen en vleugels.

De mier zat naast de krekel en vroeg: 'Dat sombere gevoel...'

'Welk somber gevoel?' vroeg de krekel.

'Dat sombere gevoel in je hoofd dat je had...'

De krekel fronste zijn voorhoofd en dacht diep na, maar hij wist niet meer dat hij een somber gevoel in zijn hoofd had gehad. 'Heb ik dat gehad?' vroeg hij.

De mier zweeg en keek naar de grond.

De wind stak op en de dieren gingen nog dichter tegen elkaar zitten. Er dwarrelde een brief neer van de pinguïn, waarin stond dat hij ook graag wilde komen, maar dan moest het eerst nog gaan sneeuwen.

De lucht was grijs en dik.

De mier stond op, schraapte zijn keel en vroeg of er iemand was die zich iets herinnerde.

Het werd stil. De wind ging weer liggen.

Herinneren... dachten de dieren. Herinneren... Niemand wist wat dat was.

'Is het soms een geluid?' vroeg de kikker.

'Is het iets langzaams?' vroeg de slak.

De mier legde uit wat herinneren was. Maar toen de

dieren vroegen wat je ermee kon doen haalde hij zijn schouders op.

'Dat weet ik niet,' zei hij. 'Niets misschien.'

De dieren sloegen hun armen en vleugels weer om elkaar heen en dachten niet meer na. Een paar van hen stonden op en begonnen te dansen.

De mier keek naar de grond.

Herinneringen wervelden in dikke wolken om hem heen.

Hij herinnerde zich de verte, de oceaan, verjaardagen van zeldzame dieren, lange gesprekken met de eekhoorn, de zomer...

De zomer... dacht hij.

De krekel sprong op. 'Ik weet niet waarom,' tsjirpte hij, 'maar ik ben heel vrolijk.'

De dieren klapten in hun handen en hun vleugels.

De olifant stond op en keek omhoog naar de donkere, in wolken gehulde top van de eik. Nee, dacht hij. Nee. Hij ging weer zitten, maar stond meteen weer op en keek weer naar boven.

Zo zaten de dieren daar bij elkaar in het midden van het bos onder de eik op een koude dag in de winter. En terwijl de krekel vrolijk tsjirpte en de olifant omhoogkeek en zuchtte liep de mier ongemerkt weg, het donker in.

Het begon te sneeuwen. Dikke sneeuwvlokken dwarrelden langzaam naar omlaag en bleven overal liggen, op de zwarte grond, op de kale takken van de bomen, op de struiken, op het kreupelhout en op de schouders en het hoofd van de dieren.

Herinneringen zwermden om de mier heen en prikten in zijn nek en in zijn ogen. Ik moet gaan, dacht hij en hij liep het bos uit, stak de bevroren rivier over en verdween in de verte.

Uitgeverij Querido stelt alles in het werk om op milieuvriendelijke en duurzame wijze met natuurlijke bronnen om te gaan. Bij de productie van dit boek is gebruikgemaakt van papier dat het keurmerk van de Forest Stewardship Council (FSC) mag dragen. Bij dit papier is het zeker dat de productie niet tot bosvernietiging heeft geleid.